Schnell gehen sie vorbei, die Sekunden der Erkenntnis. Sie müssen festgehalten werden! Oder erst erzeugt anhand von Figuren, Beziehungen, außerordentlichen Begebenheiten. Das Leben ist undurchsichtig und erzählenswert. Und es gilt, in diesem Leben vorzukommen, zwischen all den Wünschen und Enttäuschungen, den gesellschaftlichen Normen und alltäglichen Herausforderungen. Wer bin ich denn hier überhaupt? Wer könnte ich sein?

Die nervöse Zwanzigjährige, die hofft, dass ihr Freund anruft. Die hoffnungsvolle Dreißigjährige, die glaubt, dass bei ihr alles anders wird. Anders zumindest als bei der ätzenden Ex, die doch hätte wissen müssen, dass Kinderkriegen auch keinen Ausweg darstellt. Oder bin ich vielleicht sogar die? Es ist gut, ein paar Erzählungen als Wegweiser zu haben. Für jetzt – und für später. Sag nicht, du hättest's nicht gewusst! Hier steht's doch, schwarz auf weiß, und Spaß macht es auch noch.

In diesem Erzählungsband vermag man sämtliche Motive, Themen, ja geradezu die gesamte literarische Welt Anke Stellings zu entdecken – und diese Erforschung ist nicht nur für Stelling-Fans faszinierend.

Anke Stelling, 1971 in Ulm geboren, absolvierte ein Studium am Deutschen Literaturinstitut Leipzig. Die Prosa-, Drehbuch- und Kinderbuchautorin wurde 2015 mit ihrem Roman Bodentiefe Fenster für den Deutschen Buchpreis nominiert. Zudem wurde der Roman mit dem Melusine-Huss-Preis 2015 ausgezeichnet. 2017 erschien ihr Roman Fürsorge. Für den Roman Schäfchen im Trockenen erhielt sie 2019 den Preis der Leipziger Buchmesse und den Friedrich-Hölderlin-Preis der Stadt Bad Homburg.

Anke Stelling

Grundlagen-
forschung

Erzählungen

VERBRECHER VERLAG

»Grundlagenforschung« ist der 1. Band
der Reihe »kurze form«, die mit je einem Band
pro Programm im Verbrecher Verlag erscheint.

1. Auflage
Verbrecher Verlag Berlin 2020
www.verbrecherei.de
© Verbrecher Verlag 2020

Druck und Bindung: CPI Clausen & Bosse, Leck
Satz: Christian Walter

ISBN 978-3-95732-447-4

Printed in Germany

Der Verlag dankt Nora Gerken
und Johanna Seyfried.

INHALT

FELDSALAT

Nehmen wir das Leben und teilen es in drei Bereiche: Liebe, Arbeit, Essen & Trinken. Wobei Essen & Trinken auch Trinken & Rauchen heißen könnte, Arbeit auch Kunst und Liebe vielleicht Freizeitvergnügen. Irgendwelche Einwände?

Liebe: Es ist inzwischen ungefähr klar, was zu kriegen ist und was nicht. Vorlieben sind manifestiert; bei wem sie sich mit dem Erreichbaren decken, hat Glück gehabt. Wer überhaupt jemanden abgekriegt hat, hat Glück gehabt, denn die Zeit der Suche ist ein für alle Mal vorbei. Wer von sich behaupten kann, eine Liebe aus erster Hand zu besitzen, ist beneidenswert. Oder zurückgeblieben. Wer eine aus zweiter Hand besitzt, hat Ärger mit psychotischen Ex-Frauen, Unterhaltszahlungen, Echtheitsnachweisen – dafür aber viel zu erzählen.

Arbeit: Das hier. Was will sie denn nun schon wieder, sagst du, ich sage: Es ist der Dienstag nach Pfingsten, fünf vor halb zwei, und es gibt keine Ausrede, den Rechner geschlossen zu halten. Oder wenn, dann findet sie sich hier, in diesen Zeilen, also müssen sie geschrieben werden. Gemäß des Kirchenjahres ist der Geist nun ausgeschüttet und hat sich zu zeigen. Du kannst ja harken gehen, wenn du möchtest.

Essen & Trinken: Wer sät, der erntet. Wer trinkt, muss weitertrinken, sonst zittern die Hände. Auch hier sind die Vorlieben manifestiert; bei wem sie sich mit den Empfehlungen der Krankenkassen decken, bleibt schlank und gesund. Die andern versuchen, philosophisch zu werden. Oder Kenner! Das ergibt dann diese ermüdenden Tischgespräche, unter denen wir einst so gelitten haben.

Das Feld ist abgesteckt, im Text wie im Leben. Wer weiterblättern will, soll das tun; wer meint, die mittleren Jahre erreichten ihn nicht, hat sich getäuscht. Sie kommen. Sie bestimmen dein Handeln, sie beherrschen dein Denken; du bist nicht mehr, wer du mal warst. Warst du jung? Schön für dich. Ich dachte ja, ich sei's nie gewesen, aber ich war's auch, rückblickend. Und jetzt wirst du langsam alt, genauso zwangsläufig, wie ich einstmals jung war. Es gibt eben doch noch das eine oder andere, das wir nicht entscheiden.

Heiner und Claudia. Typischer Fall einer Liebe aus zweiter Hand. Jetzt!, haben sie sich gesagt, jetzt oder nie! Und sind zusammengekommen.

Waren schöne acht Wochen.

Claudia legte die alten Michael-Jackson-Platten auf und fühlte sich wieder wie zwölf, nur mit mehr Busen, was das Ganze noch besser machte. Heiner fickte sie wie ein Verrückter, auch etwas, das er sich mit zwölf gewünscht und damals noch nicht hat verwirklichen können. Keine Klagen also! Endlich das Zeug, die Umstände und die Freiheit dazu. Nur, dass sie nicht mehr zwölf waren.

Heiner ging die Puste aus. Musste auch irgendwie das Geld ranschaffen für die Kinder aus erster Ehe. Die psychotische Ex. Das mach mal, wenn du nicht zum Schlafen kommst! Und Claudia hatte ihrerseits nach acht Wochen das Gefühl, die Sache auf eine solidere Grundlage stellen zu müssen. Schließlich war sie jetzt endlich da, die Gelegenheit! Das Husband Material Heiner. Er sollte doch wissen, wie es ging, wo er die erste Runde schon hinter sich hatte. Und tatsächlich wurde Claudia umgehend schwanger, und Heiner sagte, wenn du Pickel kriegst, wird's ein Mädchen. Wie aufregend. Oder nicht? Ein völlig neues Körpergefühl für Claudia, den Bauch endlich mal rausstrecken zu dürfen. Das genügte für die nächsten neun Monate.

Und Heiner? Mal kurz ein paar Worte zu Heiner, damit du dir das Ganze besser vorstellen kannst: Heiner ist wahrhaft lässig. Ein Szene-Mensch, aber auf die angenehme Art. Begabt. Immer freundlich.

Haarscharf ist er dran vorbeigeschrammt, so richtig berühmt zu werden – wäre er Brite, wäre er's. Hätte er's geschafft, sich auf eine Sache zu konzentrieren, wäre er's auch. So ist er aus Hannover und macht alles gleichzeitig: singen, malen, Gitarre spielen, Bühnenbild, kurze Fernsehauftritte, Filmscripts, Plena organisieren, Häuser besetzen, Reden halten, kellnern, kochen, Leute zusammenbringen, Bücher schreiben.

Jeder kennt ihn, und Heiner kennt sich aus. Claudia kann stolz sein, ihn abgekriegt zu haben, und gut aussehen tut er auch. Also, so mittel. Irgendwie britisch.

Heiner ist keiner, mit dem das Familienleben vorgezeichnet erscheint. Keiner wie dein eigener Vater, obwohl du ehrlich gesagt auch keine Ahnung hast, was der für einer war. Der hatte nämlich auch nicht vor, so zu enden, wie du ihn jetzt enden siehst, aber egal. Heiner jedenfalls, um das noch mal zu betonen, ist echt lässig. Seine Kinder wachsen zwischen Gigs und HMI-Scheinwerfern und ausgeweideten Autowracks und weiblichen Fans mit riesigen Sonnenbrillen beziehungsweise Pressedamen und Kuratorinnen auf, die sie zu sich herzulocken versuchen, als seien sie Hundewelpen. Heiners Kinder sitzen bei ihm im Babybjörn vor dem Bauch, egal, was er gerade zu tun hat. Heiners Kinder fahren auf selbstgebastelten Laufrädern rum, nicht auf solchen von Puky. Wer wollte nicht Heiners Kind sein?

Kein Grund also für Claudia, sich zu fürchten vor dem, was kommen sollte. Der Abschied von der Jugend, ganz klar, aber der stand ohnehin bevor. War in diesem Fall nicht gleichbedeutend mit dem Abschied von Spaß, Lässigkeit und gutem Aussehen. Im Gegenteil. Toll sah sie aus, mit der Kugel statt des Bauchs, und Heiner erst, wie er das Neugeborene lässig auf dem linken Unterarm ruhen ließ, während er mit der rechten Hand einer seiner zahlreichen Tätigkeiten nachging.

Claudia ging zur Rückbildungsgymnastik.

Becken heben, Beckenboden anspannen, absenken. Die Matten im Rückbildungskurs rochen, wie Turnmatten überall riechen: nach Schweiß. Die Hebamme gab sich alle Mühe und zündete ein Räucherstäbchen an; die Mitmütter, deren Familienleben vorgezeichnet schien, hatten die Babys dabei, welche brüllten. Keine redete mit Claudia.

Müde war sie. Unsagbar müde.

Der Weg zur Rückbildungsgymnastik war weit, eine Rückbildung nicht wirklich in Sicht. Becken heben, Beckenboden anspannen, nachlassen. Ohne Rückbildung kein guter Sex, so die Hebamme. Becken heben, anspannen. Die Mitmütter kicherten. Claudia schlief ein.

Kann sein, dass es immer noch Eisenmangel war, Claudia brauchte Feldsalat, Feldsalat und Schlaf, Feldsalat und rote Bete. Feldsalat mit Kürbiskernen.

Heiner wusch Feldsalat. Das war nichts, das man einhändig tun konnte, einhändig gewaschener Feldsalat knirscht zwischen den Zähnen, Heiner knirschte sowieso schon, trug beim Schlafen eine Knirschschiene. Keiner würde vermuten, dass Knirschschienen im Heinerschen Haushalt eine Rolle spielten, auch Claudia nicht – doch längst war die Knirschschiene zum Symbol geworden, teuflisches Zeichen, ob nachts noch was laufen würde. Denn wenn Heiner die Knirschschiene einsetzte, war Schicht. Licht aus. Ende.

Heiner schlief –

Claudia lag wach. Becken heben, Beckenboden anspannen, nachlassen. Entspann dich, Claudia! Es ist noch nicht aller Tage Abend, auch wenn er längst die Knirschschiene trägt.

Der Zauber der Fortpflanzung half ihr durch den Alltag, und hatte sie es nicht selbst so gewollt? Leise, schnorchelnde Atemzüge. Und Feldsalat.

Irgendwo in ihrem traumhaften Garten lauerte die alte Gotel und wollte Claudia das Kind wegnehmen, denn Claudia war hochmütig gewesen. Hatte geglaubt, dass bei ihr alles anders sein würde. Und Heiner hatte nicht widersprochen. Hatte Feldsalat aus Gotels Garten geholt – ein unheilvoller Akt. Claudia hatte auf ihn gebaut, wo sie doch misstrauisch hätte sein müssen, schließlich hatte er schon zwei Kinder und eine psychotische Ex noch dazu, hätte ihr das nicht eine Warnung sein sollen? Nein. Denn Claudia war selbst ganz anders.

Apropos, wer ist eigentlich Claudia?

Was die Liebe betrifft, hat sie vielleicht in den frühen Jahren ein bisschen Pech gehabt, aber mit Heiner dann eindeutig hochgeheiratet. Also Glück!

Die Kuratorinnen und weiblichen Fans wunderten sich. Claudia? Ach so, ja. Arbeit war ihr Stichwort, sie hat immer viel gearbeitet. Einen IQ von erstaunlicher Zahl.

Ach, weißt du was, der Einfachheit halber bin ich mal die Claudia. Mit mir kenn ich mich aus. Hab viel gearbeitet, irgendwas, das Heiner aufhorchen ließ. Blondes, schulterlanges Haar, durchdringende Stimme. Siebenunddreißigtausend Treffer bei Google! Wer würde da widerstehen können?

Heiner hat gedacht, bei dem IQ würde aus mir bestimmt nicht noch eine psychotische Ex-Frau werden. Denn ich weiß, wie die Dinge laufen. Zum Beispiel bei Claudia! Natürlich hat sie sich verkalkuliert. Und aus Trotz dann trotzdem noch ein Zweites gekriegt. Diesmal ohne Pickel in der Schwangerschaft, ein Junge also. Ein Mädchen und ein Junge. Süß wie die Hundewelpen, ein bisschen dreckig – man soll sie bloß nicht zu viel waschen, die Käseschmiere einziehen lassen und dann nichts als den natürlichen Säureschutzmantel der Haut. Die alte Gotel nickte bestätigend und schwenkte ihren Zauberstab. Schutzmäntel und Schutzzonen waren ihr Spezialgebiet! Wehe dem, der eine solche betrat ... Schmutzig blieben sie, die Kleinen, was nichts an ihrer Attraktivität änderte – hübsche, zum Stil der Eltern passende Accessoires. Die jeden Morgen um halb sechs Uhr aufstanden.

Heiner war auf Tournee. Oder auf Tour. Unterwegs jedenfalls, knatternder Kleinbus – und eine Menge Essen & Trinken, wobei das in dem Fall gleichbedeutend war mit Trinken & Rauchen. Bei Claudia die psychotische Ex auf dem Anrufbeantworter: Wann kommt er wieder? Ja. Ganz genau. Das war ganz genau das, was Claudia auch wissen wollte. Morgens. Um halb sechs.

Bis halb neun waren schon drei Stunden vergangen, Stunden, die in Claudias bisherigem Leben nicht vorgekommen waren und die sich hinzogen, als zählte ihr jemand die Sekunden einzeln auf. Das Kaffeehaus, wo sie ihren Kaffee trinken wollte, öffnete um zehn. Claudia ging nicht mehr hin, sie aß das, was die Kinder übrigließen – löchrige Eiswaffeln, abgeschnittene Brotrinden, das Braune der Banane. Wenn kein Mülleimer oder Papiertaschentuch zur Hand war, auch Ausgespucktes. Die Kinder waren Teil von ihr, also war das, was aus ihren Mündern kam, nicht unappetitlich, sondern lecker. Claudia leckte den Kindern die Gesichter sauber. Sie hatte enormen Appetit.

Am Abend klingelte die Gotel. Ob Claudia vielleicht ein paar Kürbiskerne zur Hand habe, Kürbiskerne zum Anrösten, zum Anrichten der Kürbiscremesuppe? Sie erwarte nämlich Gäste.

Nein, sagte Claudia und stellte sich schützend vor die Kinderzimmertür.

Keine Angst, sagte die Gotel, ich nehm sie dir nicht weg. Ich hör dich gar zu gerne singen, den ganzen Tag im Turm, nur bei den hohen Tönen musst du noch üben, sonst kommt er nicht zurück, dein königlicher Kerl. Sprach's und verschwand im Treppenhaus.

Soviel zu Essen & Trinken. Beziehungsweise Trinken & Rauchen. Sobald die Kinder schliefen oder sich auch nur zehn Minuten am Stück mit sich selbst beschäftigten, musste Claudia sich eine anzünden. Um den Abstand zu sichern, die Erwachsenenwelt zu bewahren. Zwei Minuten Ruhe, zwanzig Züge Unabhängigkeit, Unverfügbarkeit, Selbstbestimmung. Warte, bis Mama die aufgeraucht hat! Die Zigarette gestattete es ihr stillzuhalten.

Sie genoss die mahnenden Blicke der Mitmütter, deren Familienleben vorgezeichnet schien. Oh ja, sie war anders. War schlecht und schlampig. Keine Sandelförmchen im Gepäck! Zigaretten! Und der Kerl ein Tunichtgut, einer, dem man's nicht ansah, dass er ein Ernährer war. Kein Kombi, ein Tourbus! Gut gemacht, Claudia!

Röchelnder, rächender Raucherhusten. Die hohen Töne rückten in immer weitere Ferne, wurden ersetzt von schleimigem Auswurf. Die Kinder brachten seltene Grippeviren aus der Kita nach Hause, Claudia wurde krank. Vielleicht war's auch weiterhin der Eisenmangel, Claudia aß Feldsalat, Feldsalat mit roten Beten, Feldsalat mit gerösteten Kürbiskernen, die sie der alten Gotel vorenthalten hatte. Die grüßte nicht mal mehr. War beleidigt. Claudia trank allein. Gläschen Wein am Abend, passend zur Zigarette.

Ja, ja, du hast Recht. Es gab auch andere Seiten. Den Anblick der Kinder, wenn sie schliefen. Die kurzen Phasen zwischen den Grippeviren, wenn Claudia sich stark fühlte wie ein Pferd. Diesen Karren würde sie allein aus dem Dreck ziehen! In zwanzig Minuten konnte sie die komplette Wohnung auf Hochglanz polieren, Trinken &

Rauchen, Glasreiniger & Backofenspray. Claudia war high. Steckte die Nase ins Küchentuch und sank auf das Sofa.

Die alte Gotel, fragst du? Ja, das ist die, in deren Garten der Feldsalat wuchs. Die, die alles besser wusste, Claudias Nachbarin, Claudias Mutter, die Mitmütter, die Super-Nannies, die Kita-Tanten und so weiter. Eine, die die Kinder abholen würde, um dafür zu sorgen, dass sie nicht wurden wie Claudia, und nein, natürlich wünschte Claudia sich das nicht, Claudia würde nie im Leben auf ihre Kinder verzichten wollen. Ehrlich nicht. Ich muss es schließlich wissen.

Es gab keinen Ausweg.

Ohne Kinder hätte Claudia sich Kinder gewünscht. Mit Kindern wünschte sie sich den Tod.

Diesen Ort, an dem sie aufwachen würde mit nichts als dem sanften Grundrauschen im Ohr, das erklingt, wenn die Musik vorbei ist. Oder noch nicht eingesetzt hat. Heiner wäre da, aber unaufdringlich, eine Hand in ihrem Haar, die sich abschütteln ließ, falls nicht der richtige Zeitpunkt war. Noch nicht, mein Liebling, lieber schlafen. Sie wusste ja, dass es so nicht sein würde. Der Tod war genau so grausam und unerbittlich wie ein Zweijähriger am Sonntagmorgen. Aufstehn!

Sie fürchtete sich vor dem Tod. Was, wenn ihr alle Haare ausfielen? Die Parodontose fortschritt, das Hüftgelenk nicht mehr mitmachen wollte? Sie würde auf die mittleren Jahre zurückblicken wie auf eine besonders köstliche Zeit: junge Familie, die Kinder noch klein und unbeschwert. Nicht wirklich dank-, dafür aber noch formbar. Noch in dem Wunsch gefangen, ihre Freunde zu sein.

Apropos Freunde: Nehmen wir die Menschen und teilen sie in Gut und Böse. Wobei wir feststellen müssen: Nichts währt für ewig! Heiner hat sich als Feind entpuppt, wohingegen die alte Gotel, unsympathische Vettel, mahnende Mitmutter dann doch noch ganz hilfreich war. Hat jeden Donnerstagabend die Kinder genommen, damit Claudia zu den Anonymen Alkoholikern gehen konnte, zur Gymnastik nach der Rückbildung, bei der die Hebamme dann schon ganz andere Töne anschlug. Wer jetzt nicht trainierte, würde inkontinent werden! Windeln tragen, wenn die Kinder längst aus den ihren hinaus wären! Beckenboden anspannen, absenken.

Die neue Hebamme war knapp über sechzig, aber hart und braun und biegsam wie ein Ast. Techno statt Harfenklängen, Peitschenhiebe statt Räucherstäbchen. Claudia wurde ihr hörig.

Anspannen! Absenken! Anspannen! Absenken!

Sie trainierte bis zum Umfallen. Lag dann da.

Die Hebamme drückte ihr die Hand in den Bauch. Was soll das sein, hä? Pudding oder Muskeln?

Heiner wollte betrogen werden, anders war seine Abwesenheit nicht zu erklären, also ging Claudia mit der Hebamme ins Bett. Und fand heraus, dass sie den Beckenboden bislang an völlig falscher Stelle vermutet hatte.

So, sagte die Hebamme und schüttelte die Laken auf. Claudia spürte in sich hinein. Dort? Oder dort? Was war das denn nun, was in ihrem Unterleib herumpolterte? Die Hebamme hob die Hände und sagte, na, was meinst du, wie viele Kinder hab ich damit schon zur Welt gebracht, hä? Tausend, über tausend, das letzte war Nummer Eintausendunddrei.

Claudia erschrak. Da waren sie, die späten Jahre, in Gestalt der Hebamme und ihrer holzharten Hände. Liebe? Ist gleich Macht. Und Arbeit? Durchzählen. Achtunddreißig Jahre Berufserfahrung, Eintausendunddrei! Essen & Trinken? Gar nichts mehr. Der Kühlschrank der Hebamme war leer, sie zehrte aus sich selbst, war ein Baum, ein Kamel mit Höckern voll Reserven – im Passgang walzte sie durch die Wüste, stetig und gleichgültig. Als sie endlich doch noch schlief, nahm Claudia ihre Trainingstasche und ging nach Hause.

Draußen nahte schon der Tag. Der Tourbus parkte vor dem Haus; Heiner hatte die Gotel, Gott sei Dank, längst abgelöst. Auf der Spüle welkte ein Häufchen Feldsalat in steifer Plastikschale vor sich hin, jene Sorte, die nie ein Feld gesehen hat und deshalb nicht gewaschen werden muss. Heiner war wieder da, und Claudia legte sich neben ihn, lauschte seinem knirschschienengedämpften Zähneknirschen, zählte die Sekunden, bis die Kinderzimmertür geöffnet wurde, pünktlich um halb sechs.

Da standen sie, ihre Sonnenscheinchen, und zogen ihr erbarmungslos die Bettdecke weg.

Was meinst du? Wie? Ich hab mich verfranzt?

Ja, ehrlich, das stimmt. Und Claudia erst!

Lange dauerten die Stunden von halb sechs bis halb neun, und schnell gingen sie vorbei, die Sekunden der Erkenntnis.

Heiner, die Hebamme, die Hundewelpen und das Harken – in späteren Jahren würde sie darauf zurückblicken, denn immerhin stand es jetzt hier, schwarz auf weiß in der Grausamen Chronik. Ob das half? Sie wusste es nicht. Aber ihr Stichwort war nun mal Arbeit, und die war hiermit erledigt.

Wenn du willst, kannst du weiterblättern.

BEI DEN WÖLFEN

Beim Holzholen ist Gunda heute Morgen ein großes Scheit auf den Handrücken gefallen. Jetzt hat sie einen Bluterguss mit einer kleinen, dunkelroten Blase obendrauf. Christian mag nicht hinsehen. Schon ohne Bluterguss nicht. Er sieht Gunda lieber als Ganzes. Einzeln betrachtet jagen ihre Körperteile ihm Angst ein, ganz besonders die Hände, trocken und fleckig; solche Hände haben alte Frauen, solche Blutergüsse auf dem Handrücken haben alte Frauen von den Infusionsnadeln, solche Hände mit solchen Blutergüssen werden über hellgelb bezogenen Krankenhausdecken gefaltet, wenn alte Frauen tot sind.

Christian fegt den Kamin in der Küche aus. Wenn die anderen vom Spaziergang kommen, muss das Feuer brennen. Im Schein des Feuers und als Ganzes betrachtet, sieht Gunda keinen Tag älter aus als vierzig.

Er knüllt Papier zum Anzünden zusammen. Hochglanzpapier brennt nicht gut, aber deutsche Zeitungen gibt es nicht im Supermarché in Gérardmer, nur den Stern und die Bunte. Vielleicht könnte er es morgen mit einer Libération versuchen, schließlich sind sie jetzt vier Tage hier und hören beim Autofahren immer französische Sender.

»Lass mich«, hat Gunda heute Morgen gesagt, als Christian in den Schuppen gelaufen kam, um zu sehen, was passiert war. Entweder sie weiß, wie viel Überwindung es ihn kostet, sie zu pflegen, oder sie hat irgendeine dumme Vermutung, was vergangene Nacht im linken Schlafzimmer vor sich gegangen sein könnte. Christian stochert in dem matt kokelnden Zeitschriftenpapier. Schwarze Flocken steigen hoch; natürlich ist nichts passiert, darum geht es auch nicht beim allabendlichen Auswürfeln der Schlafzimmer. Worum es geht, weiß Christian auch nicht. Es war Wolfgangs Idee, gleich nachdem sie angekommen waren.

»Du brauchst nicht glauben, dass Renate und ich wieder freiwillig ins Kuhstallzimmer ziehen«, hat Wolfgang gesagt und sein Gepäck im Flur stehen lassen.

Das Kuhstallzimmer ist das Schlafzimmer von Christians älterer Schwester und besonders unbeliebt bei seinen Freunden. Niemand will in den Zimmern der Geschwister wohnen, mit denen Christian sich das Ferienhaus im Elsass teilt, alle wollen am liebsten Christians und Gundas Schlafzimmer haben, das mit den Nesselvorhängen und Nussbaumbetten. Im Kuhstallzimmer gibt es Melkschemel als Nachttischchen, und im Zimmer von Christians Bruder Metallbetten vom Baumarkt und geblümte Stoffschränke.

»Ich kann nichts dafür«, sagt Christian jedes Mal, wenn er mit Wolfgang und Renate, Hans und Katrin herkommt, und sie kommen oft her, mindestens einmal im Jahr. Bisher hat es immer gereicht zu betonen, dass er selbst am meisten leide unter dem schlechten Geschmack seiner Geschwister, aber diesmal hat Wolfgang das nicht gelten lassen und ein Rotationssystem vorgeschlagen. Dass man dann nicht mal mehr als Paare, sondern jeder für sich allein würfeln sollte, klang nur logisch und modern, jedenfalls aus Wolfgangs Mund. Hans sah versonnen auf die Tischplatte und Katrin ungeduldig aufs Gepäck. Gunda war die einzige, die sich sichtbar gegen den Vorschlag sträubte: »Da können wir ja gleich Flaschendrehen spielen.«

»Mach schon«, hat Christian zu ihr gesagt, und dann haben sie beide für die erste Nacht ihr eigenes Schlafzimmer erwürfelt.

»Bist du jetzt enttäuscht?«, hat Gunda gefragt, als sie nebeneinander in den Nussbaumbetten lagen, und Christian war sicher, dass sie selbst enttäuscht war. »Ja«, sagte er. Aber da schlief sie schon.

Wenn die andern vom Spaziergang kommen, muss das Feuer brennen. Ohne das Feuer wäre der ganze Urlaub nichts wert. Christian versucht es mit den Resten des Osterstraußes, den seine Schwester zum Vertrocknen auf dem Küchentisch hat stehen lassen.

»All die Gräser und Zweige, die man hier finden kann.« – Was für ihn das Feuermachen ist, ist für seine Schwester sorgfältige Landhausdekoration. Sie plündert die Antiquitätenläden an der Route Nationale und holzt ganze Sträucher ab, um das Ferienhaus damit vollzustopfen. Schon lange kommen sie nicht mehr gemeinsam her, auch sein Bruder nimmt lieber Freunde mit, anstatt mit Christian oder der Schwester Urlaub zu machen.

»Wilder Thymian, hier Christian, riech mal!« – Sie ist acht Jahre älter als er und war noch nie im Krankenhaus. All die Gräser und Zweige, dazu Blutreinigungstee und Bernsteinketten, keine Zigarette, nicht mal ein Feuer in der Küche des Ferienhauses.

»Was heizt ihr denn die ganze Zeit bis in den Hochsommer?« – Der Bruder hat den französischen Nachbarn dazu abgestellt, das Holzlager regelmäßig aufzufüllen, »Dreißig Francs billiger der Kubikmeter, Christian, also hör mal ...«

Als die Neffen noch klein waren, ist Christian gern mit seinem Bruder hier gewesen. Da ließ sich alles als Kinderprogramm behaupten: Feuermachen und Nutella-Baguette, Nachtwanderung und Spinnenjagd. Jetzt muss er aufpassen, nicht entlarvt zu werden: In Wahrheit hat er das immer schon zu seinem eigenen Vergnügen gemacht.

Christian schiebt Stücke von Eierkarton zwischen die Weidenkätzchen.

So ein Feuer ist besser als Fernsehen. Man guckt rein und kann an alles Mögliche denken, hier und da legt man nach und bläst und schließt mit sich selbst kleine Wetten ab, welches Ende des dicken

Astes zuerst Feuer fängt. Es brennt jetzt. Er hat es zum Brennen gebracht. Es geht erst wieder aus, wenn er es nicht mehr beachtet.

»Hier waren doch irgendwo Schnapsgläser?« Gunda hat Schlüsselblumen vom Spaziergang mitgebracht.

Christian schneidet Salami, während Hans und Katrin den Tisch fürs Abendessen decken.

»Schönes Feuer«, sagt Wolfgang und wirft seine Jacke auf die Bank am Kamin. »Hunger hab ich.«

Gunda legt das Schlüsselblumensträußchen vor Christian auf den Tisch.

»Keine Gräser und Zweige auf meinem Abendbrottisch!«, sagt Christian und hält Gunda die Salami hin. »Hier, riech mal.«

Gunda verzieht das Gesicht. »Riecht nach Sperma. Wo sind die Schnapsgläser?«

Christian zuckt die Achseln. »Hat jemand von den anderen weggeworfen. Außer uns trinkt hier keiner Schnaps.«

»Ich trink keinen Schnaps, ich brauch eine Vase.« Gunda rückt einen Stuhl vors Buffet, um hinter die nicht benutzten Teekannen sehen zu können.

Christian grinst. Die Vasen hat er selbst weggeworfen, ein halbes Dutzend winziger Zinnvasen, die das Fenstersims in der Küche zierten. An Schlüsselblumensträußchen hat er nicht mal gedacht dabei, sondern an seine Urlaubskrimisammlung, die letztes Mal, als er hier war, nicht mehr im Wohnzimmerregal, sondern in einem Karton in der Scheune gestanden hatte.

»Guck in der Scheune nach«, sagt er zu Gunda, »und nimm diese hässlichen Kannen mit.«

Wolfgang macht die erste Flasche Wein auf.

»Wir haben Wildschweinspuren gesehen«, erzählt Katrin mit Salami im Mund.

»Die sind vom letzten Jahr«, sagt Christian.

»Woher willst du das wissen? Du warst doch gar nicht dabei.«

Wahrscheinlich hat Wolfgang sich auf dem Spaziergang wieder als Wildkenner aufgespielt.

»Das sagt man so zur Beruhigung«, sagt Christian und fixiert ihn. »Und weil hier noch nie jemand ein lebendes Wildschwein getroffen hat.«

Katrin zuckt die Schultern. »Ich steh morgen ganz früh auf und geh noch mal hin. Wenn man Tiere sieht, dann morgens.«

Das Baguette ist zäh. Katrin sollte morgens lieber Brot holen gehen, statt auf Wildschweine zu warten, die nicht kommen werden. Christian sieht Hans auf die Zahnhälse, die die Parodontose freigelegt hat. Vorgestern ist er mit ihm im Kuhstallzimmer gelandet und weiß deshalb jetzt auch, was für Pyjamas Hans trägt. Solche aus dehnbarem Stoff, mit V-Ausschnitt und kleinen stilisierten Kronen auf dem Oberteil. Christian musste die Augen schließen und sich auf alles konzentrieren, was er an Hans mag, wofür er ihn schätzt oder gar bewundert: seine Großzügigkeit und Ruhe, sein lückenloses Wissen über die k.u.k.-Monarchie, seinen Eifer beim Holzhacken. Er hat versucht, sich Katrin vorzustellen, wie sie ihre Nase in die grauen Haare wühlt, die aus dem V-Ausschnitt vorschauen, dann tief einatmet und erregt die Decke wegstrampelt. Es half; als Christian die Augen wieder aufmachte, mochte er Hans auch im Pyjama und konnte beruhigt einschlafen. Die Zähne allerdings sind nicht zum Aushalten. Hans' Zähne, Gundas Handrücken – die Versehrtheit, die schleichend Einzug gehalten hat.

Christian weicht mit den Augen auf Wolfgang aus, der hebt sein Glas. Wolfgang hat keinen Körper, der ihm bei irgendwas im Weg sein könnte, Wolfgang ist trinkfest und integer.

»Prost!«, sagt er. Und: »Habt ihr schon mal daran gedacht, einen Pool anzulegen?«

»Pool?«, quietschen Renate und Gunda gleichzeitig.

»Man könnte die Scheune ausschachten, das wäre doch großartig.«

»Du spinnst«, sagt Christian, »was meinst du, was das kostet.«

»Ach je«, sagt Wolfgang, »seit wann ist das das Problem?«

»Hier immer«, sagt Christian, »hier geht schließlich alles durch drei.«

Wolfgang kennt Christians Geschwisterstreitigkeiten seit zwanzig Jahren. Genau wie alle anderen am Tisch.

»Geld haben heißt nicht, Geld ausgeben können«, sagt Gunda weise. »Im Gegenteil.«

»Inwiefern Gegenteil?« Katrin ist sich nie zu schade, das auszusprechen, was alle wissen und auf keinen Fall mehr diskutieren wollen. »Wachsam bleiben« nennt sie das oder »Hinsehen«. Christian fixiert sie über sein erhobenes Glas hinweg, damit sie wenigstens einmal den Mund hält. Es nützt nichts.

»Hat das Haus ohne Pool etwa nichts gekostet?«, fragt sie spitz.

Alle hier haben Geld, auch wenn Christian nicht genau weiß, wie viel. Vielleicht hat er selbst am meisten, und sicher ist, dass seine Geschwister noch mehr haben.

»So ein Pool wäre auch nicht teurer als der Terrakottaboden hier.« Katrin stampft unter dem Tisch auf. »Aber geht natürlich nicht. Pool! Wie neureich!«

Christian hofft, dass niemand in die Diskussion einsteigt.

Es steigt niemand ein.

Ein Feuer ist besser als ein Pool. Drumrumsitzen und trinken kann man auch, muss sich aber nicht ausziehen dafür. Christian steht auf und legt Holz nach, während die anderen die Teller zusammenstellen und beschließen, heute nicht mehr abzuwaschen.

»Als der Lukas drei war, ist er mal von der Bank hier in die Feuerstelle gefallen«, sagt Christian und setzt sich, den Schürhaken in der Hand.

Seitdem macht auch sein Bruder kein Feuer mehr in der Küche.

»Sehr gut«, sagt Renate und lässt sich neben ihn auf die Bank fallen. »Lasst uns über die Vorteile reden, die es hat, keine Kinder zu haben.« Sie wirft die abgebrannten Streichhölzer aus der großen Schachtel ins Feuer und zündet sich eine Zigarette an.

Renate raucht am meisten von allen. Ihre Stimme ist heiser; manchmal denkt Christian, dass es sich bei Frauen allein für solch eine Stimme lohnt, sich die Lunge kaputt zu rauchen. Manchmal denkt er auch, dass er Renate vor allem deshalb mag, weil sie doppelt so viel raucht wie Gunda und trotzdem dick und gesund, vollständig und intakt ist.

»Ja, wirklich«, sagt er. »Er hatte dummerweise eine Polyesterjacke an, die geschmolzen ist und nicht mehr runter ging.«

»Deshalb wenn Kind, dann nur in Naturfasern.«

»Schaffellwindeln.«

»Rohseidenkäppchen.« Renate lacht und hustet.

Sie raucht nicht nur am meisten, sie riecht auch nach Zigaretten, aber nach einem langen Abend am Feuer fällt das nicht mehr auf. Es hat Christian nicht gestört letzte Nacht im Baumarktschlafzimmer.

»Wie alt ist Lukas jetzt?«, fragt sie.

»Einundzwanzig.«

»Und sieht man noch was?«

Bestimmt. Christian hat seinen Neffen lange nicht mehr nackt gesehen, aber als Kind hatte er überall diese wirbelige weiche Brandnarbenhaut. Mit dunkler Männerbehaarung muss sie merkwürdig aussehen. Oder wächst auf dieser Haut kein Haar mehr?

»Ich weiß nicht«, sagt er.

Die andern vier ziehen ihre Stühle zum Feuer. Hans schlüpft aus seinen Schuhen, Wolfgang macht die nächste Flasche Wein auf und wirft den Korken ins Feuer.

»Die sind doch aus Plastik«, Katrin stößt ihn an.

»Ehrlich?« Wolfgang mustert das Etikett. »Ist mir gar nicht aufgefallen.«

»Wegen der Korkkrise«, sagt Katrin.

Christian stochert mit dem Schürhaken, aber der falsche Korken schmilzt schon.

»Alles geht vorbei«, sagt Renate. »Auch die Zeit, als ein Korken noch ein Korken war.«

»Bald erinnern wir uns gar nicht mehr, wie ein echter Korken ausgesehen hat«, sagt Katrin. »Beim Wolfgang ist es schon so weit.«

»Noch ein Vorteil, keine Kinder zu haben«, sagt Renate.

»Wieso?«

»Man kann guten Gewissens alles wegschmeißen und vergessen.« Renate gähnt. »Muss man schließlich keinem mehr zeigen.«

Christian sieht zu Gunda rüber, die versucht, sich mit einem glimmenden Stöckchen die Zigarette anzuzünden. Wahrscheinlich stimmt das. Wahrscheinlich hätte er zu Hause eine Schublade mit Korken und europäischen Münzen und gelochten Pappfahrscheinen. Wahrscheinlich hätte Gunda nach der ersten Operation aufgehört zu rauchen.

»Will außer mir noch jemand was Süßes?«, fragt Renate und steht auf.

»Hier!«, sagt Hans.

Renate holt zwei Becher Pudding aus dem Kühlschrank.

»Schön oder schnell?«, fragt sie.

»Schön«, sagt Hans.

Renate seufzt und stürzt den Pudding auf zwei Untertassen. Die Karamellsoße tropft, als sie sich neben Christian zurück auf die Bank zwängt.

»Wie kannst du nur«, sagt Wolfgang, »Pudding zum Rotwein.«

Renate lacht. »Weißt du doch, Schatz. Ich kann alles.«

Das stimmt. Sie schläft sogar auf dem Bauch.

»Muss ich«, hat sie letzte Nacht gesagt, »sonst schnarche ich, und du kriegst kein Auge zu.«

Schön hat sie ausgesehen. Wie ein Kind mit den Fäusten neben dem Kopf und der Nase im Kissen. Wie das Gegenteil von über der Decke gefalteten Händen.

Zur Konfirmation hatte Christian seinem Patenkind Lukas einen Motorradausflug durch Ostwestfalen geschenkt. Lukas war abwechselnd bei ihm und Gunda mitgefahren, und nachts hatten sie in Landgasthöfen geschlafen, Lukas auf der Extraliege im Doppelzimmer. Sie hatten sich bemüht, so zu tun, als wären sie eine Clique, hatten am Abend gewürfelt und Karten gespielt und tagsüber bei jeder Caféterrasse angehalten, um Spezi zu trinken. Aber im Endeffekt waren sie doch eine Kleinfamilie gewesen, Lukas zu groß und zu schweigsam, er und Gunda betont jugendlich in ihren Lederhosen, eine Kleinfamilie, über die die anderen Gäste im Landgasthof wahrscheinlich die Köpfe schüttelten. Eine Kleinfamilie, die Christian selbst peinlich war.

»Psst«, macht Katrin und legt den Kopf schief.

»Was denn«, fragt Wolfgang, »kommt Besuch?«

»Das Wildschwein bittet um Herberge«, sagt Hans.

»Psst!« Katrin fuchtelt in seine Richtung. »Die Maus ist wieder da. Ich hab's gehört.«

Sie sitzen bewegungslos und lauschen. Im Feuer knallt etwas, und Gunda fängt an zu kichern.

»Psst!« Katrin runzelt die Stirn.

»Was willst du denn mit der Maus?«, fragt Hans.

»Anschauen.« Katrin steht auf und geht vorsichtig Richtung Mülleimer.

»Da ist sie!«, flüstert sie aufgeregt. »Guckt mal, süß!«

Wolfgang verdreht die Augen. »Nicht zu fassen, wie verstädtert du bist. Drauftreten musst du, so hat mein Opa das gemacht. Gatsch mit dem Absatz, und gut war.«

»Niemals«, sagt Katrin, »guck doch.«

»Dann lasst uns jetzt über die Nachteile sprechen, keine Kinder zu haben«, sagt Renate mit theatralischer Geste. »Gefühlsübertragung auf Schädlinge.«

»Das ist kein Spaß«, sagt Hans. »Die nagt die Mülltüte auf, und morgen früh fällt uns alles entgegen.«

Wo sie sowieso zu faul sind, den Müll wegzubringen. Drei zugebundene Tüten stehen neben der Spüle, und in der Scheune die leeren Flaschen. Der letzte Tag wird vollständig fürs Putzen draufgehen. Putzen und Holzhacken, damit nicht so auffällt, wie viel sie verfeuert haben.

»Okay, ich scheuch sie weg«, sagt Katrin, »aber tot mach ich sie nicht.«

Sie tritt mit dem Fuß gegen den Mülleimer. Katrin ist die einzige, die Hausschuhe mitgebracht hat, echte Hüttenschuhe, denkt Christian, mit gestricktem Fuß und aufgenähter Sohle. Er mag die Sorgfalt dieses Details, falls Katrin es bedacht hat. Er mag jetzt auch Katrin wieder. Alle, wie sie hier sitzen.

Am fünfzigsten Geburtstag seines Bruders waren Gunda und er die einzigen, die geraucht haben. An die vierzig Gäste, alle nikotinfrei, und nur einer pro Pärchen, der sich nachschenken ließ. Die ersten gingen um halb zwölf, und gegen eins waren nur noch er, Gunda und die erwachsenen Neffen mit ihren Freundinnen da. Also doch eine Clique. Gunda war betrunken, aber die einzige, die es schaffte, mit der schwarzgekleideten Freundin von Lukas ins Gespräch zu kommen. Diese letzte Stunde war die schönste der Party gewesen. Sein Bruder hatte den Plattenspieler freigeräumt, der seit Jahren unter Stapeln von CDs begraben lag, und Mother's Finest aufgelegt.

Sie schweigen. Je länger sie abends ums Feuer sitzen, desto stiller wird es. Aber das stört nicht, es gibt ja das Feuer, das knistert und ab und zu knallt, die Kippen, die regelmäßig hineingeworfen werden, das Scharren, wenn jemand sein Glas vom Boden aufnimmt.

Gundas Augen glänzen.

Jetzt, wo sie wieder so hübsch aussieht, fällt Christian ein, dass sie vielleicht nicht aus Eifersucht das Zimmer-Auswürfeln ablehnt, sondern dass es wahrscheinlich noch schwerer fällt, einen eindeutig versehrten Körper zu einem fremden ins Bett zu legen, als einen, der nur altert. Er überlegt, wieso ihm das bisher nicht eingefallen ist. Es muss an der Dreistigkeit liegen, mit der Gunda ihm selbst ihren Körper zumutet. Ihm gegenüber ist sie nie schüchtern gewesen, auch nicht nach den Operationen, im Gegenteil, ihm kam es so vor, dass sie nicht mal die Idee zuließ, ihn könnte der Anblick vielleicht ekeln, zumindest aber erschrecken.

Sofort ist er wieder da, der Ärger über die Zumutung. Christian öffnet den Mund und versucht, möglichst flach zu atmen. Sie ist nicht schuld, denkt er, aber das hat noch nie geholfen.

»Na, trübe Gedanken?«, fragt Wolfgang, und Christian nickt und lässt sich nachschenken.

»Evolutionstechnisch sind trübe Gedanken äußerst sinnvoll«, sagt Wolfgang.

Christian lächelt. Jetzt kommt bestimmt wieder ein Merkspruch, der ihn von heute an ab und zu trösten wird. Entgegen der landläufigen Meinung ist es ein Segen, Psychologen im Freundeskreis zu haben.

»Die Erinnerung an unsere Fehler drängt sich auf, damit wir sie nicht noch mal machen und womöglich die Art gefährden.«

Katrin schnaubt. »Funktioniert aber irgendwie lückenhaft, findest du nicht?«

»Tja«, Wolfgang nickt entschuldigend. »Ist eben nur ein Mechanismus unter vielen.«

Christian fallen die Infusionsnadeln und Gundas Handrücken ein.

»Was ist mit den Dingen, an die man ständig denkt, obwohl man gar keinen Einfluss auf sie hat?«, fragt er.

»So genau kann dein Gehirn eben nicht aussieben. Und woher

willst du überhaupt wissen, worauf du Einfluss hast und worauf nicht?«

Auf Krankheit nicht und auf Tod nicht. Oder vielleicht doch. Vielleicht will er keinen Einfluss darauf haben können. Weil es dann auch eine wirkungsvolle und eine falsche Art gäbe, darüber nachzudenken.

»Als Kind habe ich immer geglaubt, wenn ich vorher bedenke, dass etwas schiefgehen kann, geht es mit größerer Wahrscheinlichkeit nicht schief. Weil ich aus Erfahrung wusste, dass es einen am schlimmsten trifft, wenn etwas unerwartet schiefgeht. Ich hab das Schicksal für so ehrgeizig gehalten, dass es nur die perfekten Gelegenheiten nutzt, um zuzuschlagen.«

Wolfgang lacht. »Und dich für so schlau, ihm diese Gelegenheiten zu vermasseln.«

»Natürlich. Als Kind war ich doch noch Herr über mein Leben.«

Katrin schnaubt wieder. »Ob du dich da auch vollständig und im Sinne der Evolution korrekt erinnerst?«

Christian starrt ins Feuer. »Ich glaube schon. Schließlich mach ich diesen Fehler jetzt nicht mehr.«

Das Feuer ist so gut wie niedergebrannt. Jemand muss aufstehen und Holz aus dem Schuppen holen.

»Ich gehe«, sagt Renate. »Aber nicht allein.«

»Also gut.« Christian steht auf. »Damit der Stapel nicht über dir zusammenbricht wie heute Morgen über Gunda.«

Es ist doppelt kalt draußen, wenn man so lange am Feuer gesessen hat. Renate hakt sich bei Christian ein.

»Komm, schnell.«

Im Schuppen ist kein Licht, und sie haben die Taschenlampe vergessen.

»Geh aus der Tür«, sagt Christian, und Renate tritt zu ihm in den Schuppen.

Sie füllen den Wäschekorb mit Scheiten und packen jeder einen Griff.

»Hält der das aus?«, fragt Renate. »Vielleicht brauchen wir nicht mehr so viel und gehen lieber ins Bett.«

»Welches Bett?«, fragt Christian und gibt sich rasch selbst die Antwort: »Welches auch immer dran ist.«

»Die Umzieherei nervt«, sagt Renate und stößt mit der Ferse die Schuppentür zu. Gelenkig ist sie auch.

Von draußen sieht das Haus dunkel und unbewohnt aus; das Küchenfenster geht zur Seite raus.

»Ich war schon hundertmal hier, weißt du«, sagt Christian und bleibt stehen.

Renate lässt ihr Ende vom Korb los. Ein paar Scheite kullern ins Gras.

»Ich auch bald«, sagt sie.

»Nein«, sagt Christian. Er spürt, wie Renate ihn im Dunkeln ansieht. »Nicht damals«, fügt er hinzu. »Nicht, als alles neu war.«

Der erste Sommer. Als sie überall Spuren der alten Besitzer gefunden hatten. Als die Schlafzimmer noch nicht verteilt waren und er mit Gunda und seiner Schwester auf dem Scheunenboden gepicknickt und Pläne gezeichnet hatte.

»Wir hatten eine Schaukel an den Balken überm Tor gehängt. Nicht für die Kinder, Kinder gab's damals noch keine. Nur für uns.«

Renate klingt munter. »Ja, schade«, sagt sie. »Wer hat sie abgehängt? Dein Bruder? Damit niemand runterfällt?«

»Weiß ich nicht. Wahrscheinlich.«

»Willst du denn wieder eine?«

Christian schüttelt den Kopf. »Ach was. Die Schaukel gab's nur, weil der Balken so dick war. Um zu beweisen, dass man hier alles machen kann, was man in einer Neubauwohnung in der Stadt nicht machen kann.«

Er kickt gegen eines der Holzscheite. Renate atmet hörbar ein.

»Alles?«, fragt sie.

»Ja. Alles.«

Sie kommt auf ihn zu.

»Lass mal«, sagt Christian schnell.

»Was denn?«

Es ist wie heute Morgen, als er Gunda nicht trösten durfte. Nur dass jetzt er an der Stelle von Gunda ist.

Renate lacht und legt ihm trotzdem den Arm um die Hüfte, den Kopf an seine Schulter.

»Keine Sorge«, sagt sie. »Vor mir brauchst du nun wirklich keine Angst zu haben.«

Sie lassen den Korb mit Holz neben der Bank auf den Boden plumpsen.

»Tür zu!«, ruft Wolfgang und greift gleich zwei Scheite, um sie auf die nur noch schwach glühende Asche zu legen.

»Achtung!« Er bläst hinein.

»Das wird wieder«, sagt er zufrieden. »Irgendwelche Wildschweine draußen?«

»Nichts«, sagt Renate.

Sie bleibt an die Spüle gelehnt stehen. Christian geht zurück auf seinen Platz und sieht zu, wie aus der Glut kleine Flammen aufspringen.

»Ich geh schon mal ins Bett«, sagt Renate. Als keine Antwort kommt, klopft sie sich mit der flachen Hand auf den Schenkel und geht zur Tür. »Gute Nacht zusammen.«

»Moment«, sagt Wolfgang, als sie draußen ist. »Haben wir schon gewürfelt?«

Katrin sieht strafend auf. »Tu doch nicht so.«

Das vordere Scheit fängt zuerst Feuer, obwohl es nicht kleiner ist als das hintere.

Wolfgang zieht die Augenbrauen hoch. »Scheinbar hab ich was verpasst.«

»Will jemand Kaffee?«, fragt Christian und steht auf.

»Jetzt noch?«

Die kleine elektrische Kaffeemaschine steht auf einem Bord neben der Spüle. Als Christian den Filterbehälter vorklappt, löst er sich aus der Halterung, und der Kaffeesatz vom Nachmittag fällt Christian auf die Füße. Er fasst die durchweichte Filtertüte mit spitzen Fingern und schleudert sie in Richtung der Müllsäcke.

»Was machst du für eine Sauerei?«, fragt Hans.

Christian versucht, den Filterbehälter wieder einzuhängen, aber der kleine Plastikzapfen ist abgebrochen.

»Scheißding«, er wirft den Behälter in die Spüle.

»Was machst du denn?«, fragt Katrin.

Christian bückt sich und zieht den Stecker aus der Wand. »Kaffee. Aber nicht mit dieser Kaffeemaschine. Solche hat man heutzutage gar nicht mehr. Deshalb stehen sie auch zu Dutzenden halb kaputt hier im Ferienhaus rum.« Er drückt Katrin die Maschine in den Schoß. »Bitteschön. Kannst du verfeuern oder als Andenken für die Kinder aufbewahren. Für wessen auch immer.«

Er lässt Wasser in einen Topf und stellt ihn zitternd auf die Herdplatte.

»Wie du meinst«, sagt Katrin und wirft die Kaffeemaschine ins Feuer.

»Seid ihr jetzt übergeschnappt?«, ruft Wolfgang und springt auf. Er zieht die Maschine am Kabel aus dem Feuer.

»Ich lass mich doch nicht zum Deppen machen«, sagt Katrin, »was hab ich denn damit zu tun?«

Christian sieht auf den Topf, unter dem die Herdplatte jetzt anfängt zu zischen und zu knallen.

Hans seufzt. »Mensch. Das stinkt doch.«

Richtig, denkt Christian. Der Herd ist fettig und soßenverspritzt, die Mäuse nagen die Mülltüten auf, und auf dem Boden liegt feuchter Kaffeesatz, der sich nicht wegfegen lässt. Wenn man jetzt den Besen nähme, würden die Staubflusen, die niemand rausgezupft hat, sich zu Dreckbatzen zusammenrollen und sich auf ewig mit den Borsten verbinden. Christian will am liebsten gar nichts mehr anfassen, nicht mehr reingehören in dieses Haus, zu diesem Dreck. Er will wieder klein sein, Eltern haben, die für ihn sorgen.

»Ich wasch mal ab«, sagt Gunda, tritt an die Spüle und dreht den Wasserhahn auf.

Hans steht auch auf, greift sich den halbzerfledderten Stern aus dem Altpapierkorb und sagt: »Wenn ihr jetzt mit Putzen anfangt, geh ich ins Bett. Ihr könnt mir ja was übriglassen.«

Welches Bett? Christian sieht auf Gundas Hände im Spülmittelschaum, denkt an ihre Knie im Badeschaum, fragt sich, ob er auch nach oben gehen soll, und in welchem Bett Renate liegt. Er würde gern ein Bad nehmen. Zu Hause nimmt er immer ein Bad, wenn ihm alles andere zu kompliziert ist, aber hier gibt es keine Wanne, hier gibt es nur eine Duschkabine, weil die Geschwister nichts übrig haben für warmes Badewasser und Taschenbuchkrimis, sondern ihre Körperpflege effektiv erledigen. Die Kinder sind im Sommer oft in die Kuhtränke vor dem Haus gestiegen, aber das tun sie inzwischen bestimmt nicht mehr. Lukas hat die Narbenhaut, und seine schwarzgekleidete Freundin hat nicht so ausgesehen, als ginge sie bei Sonne auch nur nach draußen.

Ein Sitzplatz an der Kuhtränke wäre schön, eine Eckbank wie hier am Feuer, um dem Wasser beim Überlaufen zusehen zu können. Das würde den Brennholzbedarf enorm reduzieren, wenn sie eine zweite Möglichkeit zum Starren hätten. Katrins Augen sind schon ganz glasig, aber das kann auch am Wein liegen.

»Ich fahr morgen weg«, sagt sie.

»Hör auf«, sagt Wolfgang, »das sagst du jedes Mal.«

Gunda fängt an abzutrocknen. Katrin steht auf und hilft beim Wegräumen. Christian gießt kochendes Wasser in die Kaffeekanne und löffelt Kaffee dazu.

»Falschrum«, sagt Katrin und hat Recht, das Pulver geht nicht unter, sondern liegt als Haufen oben auf. Christian gießt nach, die Kanne läuft über.

»Kommst du mit rauf?«, fragt Katrin Gunda. Die beiden hatten letzte Nacht das schöne Schlafzimmer zusammen.

Gunda nickt und hängt das Trockentuch auf. »Bis morgen«, sagt sie.

Das muss nicht heißen, dass sie wieder mit Katrin das Zimmer teilt. Zu Hause sagt Gunda auch »Bis morgen«, wenn sie als erste ins Bett geht. Im selben Bett zu schlafen, bedeutet bei ihnen nicht mehr zwangsläufig, beieinander zu sein. Jeder schläft und träumt für sich, um morgens die Augen aufzuschlagen und nachzusehen, ob der andere noch da ist. Vielleicht legt Katrin sich zu Hans, und jetzt liegen zwei Frauen allein da und warten, dass er zu ihnen kommt. Zum Glück gibt es Kaffee.

»Ihr seid schuld«, sagt Christian und setzt sich zu Wolfgang auf die Bank. »Du und Renate. Ihr seid die Anführer. Ihr seid verantwortlich für die Evolution.«

»Wie bitte?« Wolfgang schenkt Wein nach.

»Na, Stammesentwicklung. Fortpflanzung.«

»Ach, darum geht's noch.«

»Ganz genau. Darum.«

Wolfgang stützt seinen großen Kopf in die Hände, die Ellbogen auf die Knie. Christian sieht, wie das Feuer sich in seinen Augäpfeln spiegelt. Er hat schöne Augen, sein Freund. Und große Hände. Den Ehering kriegt er bestimmt nicht mehr runter, aber wozu auch.

Wolfgang wiegt den Kopf. »Wie bei den Wölfen, meinst du.«

Christian zuckt die Schultern.

»Bei den Wölfen kann nur das Weibchen des Anführers überhaupt schwanger werden. Die andern Weibchen sind gar nicht fruchtbar, solang sie unterworfen sind.«

Christian nickt. »Genau«, sagt er, »genau das meine ich.«

»Na ja«, sagt Wolfgang, »die machen das dann aber auch.«

»Was?«

»Junge kriegen.«

Christian zuckt die Schultern.

»Trotzdem«, sagt er.

Wolfgang räkelt sich und legt noch mal nach. »Ich versteh nicht, warum das auf einmal wieder Thema sein soll. Ist doch längst zu spät.«

»Sicher«, sagt Christian. »Aber wer Schuld hat, kann man ja trotzdem feststellen.«

Das ist es. Wolfgang hat in diesem Falle versagt. Wolfgang war der einzige, der überhaupt die Chance gehabt hätte, Kinder zu zeugen. Und jetzt schlich seine Frau im Dunkeln herum und versuchte, ein neues Alpha-Männchen zu küren. Aber nicht mit ihm. Er könnte höchstens noch seinem eigenen Weibchen, das in die Fuchsfalle geraten ist, die verstümmelte Pfote lecken. Wahrscheinlich nicht mal das.

»Gute Nacht«, sagt er zu Wolfgang, der mit dem Schürhaken auf die Kaffeemaschine klopft.

»Nacht.«

Christian steigt im Dunkeln die Treppe hoch. Unter keiner der Türen ist noch Licht zu sehen. Wahrscheinlich haben sie es gemacht wie letzte Nacht, und sein Platz ist links bei Renate.

Er will nicht. Er kann sich nichts Absurderes vorstellen, als neben einem anderen Körper zu liegen, geschweige denn, einen solchen anzufassen. Warum das wohl jemals ging? Vielleicht, wenn er ganz flach atmet.

LEIDER NEIN

Dass jeden Tag etwas Spannendes und Lustiges passieren sollte, zumindest aber etwas überdurchschnittlich Angenehmes oder gänzlich Unverhofftes, ließ Sandra nervös werden. Bevor sie abends ins Bett ging, schaltete sie den Anrufbeantworter ein, falls sie im Schlaf das Telefonklingeln überhören sollte. Dieser Fall war noch nie eingetreten, Sandra war viel zu nervös, um nicht beim ersten Klingeln hellwach zu sein, trotzdem sah sie morgens als erstes nach, ob nicht die rote Lampe blinkte. Leider nein, aber es war auch noch früh. Ob der Hörer richtig aufgelegt hatte?

Sie zog sich an, was eine Weile dauerte, weil sie nicht wusste, ob sie sich hübsch machen sollte für das Unerwartete, oder ob sie die schönen Kleider lieber schonen sollte für den Tag, an dem es mit größerer Wahrscheinlichkeit geschah. Noch war es früh, noch scheute sich die Welt, bei Sandra anzurufen. Noch war die Post nicht gekommen. Noch war nicht klar, ob das Wetter sich halten würde.

Gegen Mittag ließ die Nervosität etwas nach. Claudia hatte angerufen, um Sandra zum Abendessen einzuladen. Das war nicht wirklich spannend, aber zumindest war das Telefon nicht kaputt. Die Post war gekommen, eine Urlaubskarte von Sven, was bedeutete, dass er sie noch nicht aus seinem Adressbüchlein gestrichen hatte. Der Himmel hatte sich bewölkt, sodass Baden nicht mehr infrage kam. Sandra ging zurück ins Bett und zog sich die Decke über den Kopf.

Alles in allem war der Sommer doch die übelste Jahreszeit. Warm zwar, bunt und duftend, aber deshalb auch drängelnd und in ständiger Erwartung begriffen.

»Na, was machst du draus?«, fragt die Sonne alle fünf Minuten, während sie scheint.

November war besser. Im November war das, was man tat, ein tapferes Trotzdem: trotz des Regens, trotz der Kälte, trotzdem es nicht richtig hell wurde im Zimmer. Leider war aber nicht November, sondern August, und im August musste nochmal doppelt so viel Schönes passieren. Wozu sonst war die Nacht so lau, der Teer so weich, das Wasser glitzrig und das Gras frisch gemäht?

Sandra war eine von denen, die nicht gelernt hatten, das Leben gelassen zu nehmen: Beruf, Liebe, Familie, Altwerden. Für Sandra schienen diese Dinge mit großen, eigenmächtigen Entscheidungen zusammenzuhängen.

»Willst du alt werden?«, fragt das Schicksal, und Sandra überlegt.

»Ich glaube, lieber nicht«, antwortet sie. »Alles wird anstrengend, weil der Körper kaputt geht und die Erinnerungen immer schöner werden. Alles wird dringend, weil das Leben bald vorbei ist, lässt sich aber nicht mehr verwirklichen, weil man dann früher eine andere Richtung hätte einschlagen müssen. Nein, ich denke, lieber nicht.«

Claudia war genauso. Bei jedem Abendessen bestätigten sich die beiden, wie sie die Kinder, die sie nicht hatten, auf keinen Fall nennen würden. Sven hatte schon mehrmals dabeigesessen und glasige Augen bekommen.

»Hanna, Laura, Sophia? Nein: Sophia-Charlotte. Und das zweite Charlotte-Sophie.«

Zum Glück war Sven im Urlaub.

Sven war ein bisschen anders. Er bastelte gern, und zwei Frauen hatten bereits Kinder von ihm abgetrieben. Sven ging mehr drauflos, aber vielleicht kam das Sandra auch nur so vor, weil er ohne Weiteres in Urlaub fuhr. Sandra wollte mit dem Urlaub noch warten, bis sie ihr Leben richtig auf der Reihe hatte.

Das Spannende und Lustige, auf das Sandra wartete, war in Wahrheit das Romantische. Wenn sie allein im Bett lag, so wie jetzt, dachte sie daran, dass sie eine Frau war. Mit allen Begehrlichkeiten und gewiss auch allem Begehrenswerten. Das kam ihr absurd und anstrengend vor, ließ sich aber nicht wegüberlegen. Geschichten von vertrockneten Zimmerpflanzen, Osteoporose und Gebärmuttersenkung fielen ihr ein. Die Zimmerpflanze hatte sie von ihrem letzten Freund zur Trennung geschenkt bekommen, zum Üben, wie er meinte, üben, wie man sich Lebewesen gegenüber verhält. An Osteoporose waren hormonelle Umstellungen schuld, vollkommen natürlich, aber wieso denn jetzt schon? Und die Gebärmuttersenkung war unvermeidlich, wenn man keinen Mann hatte, der einem die Getränkekisten in den vierten Stock trug, beziehungsweise wenn man Jahre damit zugebracht hatte, den Richtigen zu überzeugen, indem man die Kisten selber trug. Alles hatte sich geändert. Alles war ein Irrtum gewesen. Neues schlich sich von hinten an.

Sandra lag und dachte und spürte die Begehrlichkeit.

Irgendwo hatte sie gelesen, dass Frauen ihre Sexualität erst ab dreißig richtig entdecken würden. Diese These traf auf Sandra absolut zu.

»Da bist du ja, Sexualität«, murmelte sie ins Kissen.

Was sollte sie nur mit ihr anfangen? Die Geschichte von Caroline Ingalls fiel ihr ein, die tüchtig und glücklich auf »Unserer Kleinen Farm« lebt, zusammen mit Charles und den Kindern, dem Apfelkuchen und den Gebeten, und die in einer Folge plötzlich das Haar offen trägt und sich wünscht, dass Charles es bemerkt. Und dann bemerkt Charles es und sagt ihr, wie schön sie ist, und sie muss doch nicht mit dem Tagelöhner aus North Dakota vögeln, dessen Anwesenheit sie überhaupt erst auf die Idee gebracht hat, sondern bekommt herrliche nächtliche Stunden mit Charles geschenkt, Gottes Segen und noch mehr Kinder. Derartige Rahmenbedingungen standen Sandra leider nicht zur Verfügung.

»Du musst geschmeidiger sein«, war ein Rat, den sie ernstnahm. Rumgezicke ging ihr bei Freundinnen auch auf die Nerven. Aber wie sollte sie es abstellen, wo sie doch ständig im Recht war?

»Die Frau ist dem Manne untertan«, sagte der Mann, den Sandra unter allen Umständen lieben wollte.

»Zu deinen Diensten«, antwortete sie und wusste dann nicht weiter. Er auch nicht. Also blieb sie allein.

Am Abend auf dem Weg zu Claudia bemühte sich Sandra, die Vorzüge zu genießen, die die mittelgroße Stadt gegenüber der Großstadt bereithielt: die Grünphasen der Ampeln waren länger, die Radfahrer fuhren langsamer, das Rot vom Grundschulneubau passte zum Stoppschild. Und vor Claudias Haustür war ein Parkplatz frei.

Sie blieb noch ein Weilchen sitzen, nachdem sie den Motor abgeschaltet hatte. Im Autoradio log Whitney Houston; »I will always love you!«, schrie sie, ein Versprechen, das sie niemals würde einhalten können, weshalb schon in der zweiten Strophe Trompeten zum Gesang hinzukamen. »I will always love you!«, immer verzweifelter. Sandra kannte diesen Willen nur zu gut.

»Der Willi isch heut net daheim«, sagte sie und stellte das Radio ab.

Oben in der Küche überfiel sie Rührung. Es gab Geschnetzeltes in Sherrysoße, Endiviensalat und Ananasquark. Niemand wusste besser, was Sandra schmeckte, als Claudia. Niemand konnte es mütterlicher und gleichzeitig sorgloser zubereiten. Niemand sonst war so gut zu ihr.

»Warum reicht mir das nicht?«, fragte Sandra Claudia, während sie die Quarkschüssel auskratzte.

Claudia schnaubte. Weil es Sandra nicht reichte, konnte Claudia behaupten, dass es ihr durchaus reichen würde. »Du bist ein Vaterkind. Du brauchst einen Mann, vor dem du schöntun kannst.«

Seit neuestem betrachtete Claudia die Dinge systemisch. Deshalb war sie nie mehr um eine Antwort verlegen, und es machte Spaß, sich mit ihr zu unterhalten. Erst hinterher, auf dem Nachhauseweg, fühlte Sandra sich manchmal ein bisschen manipuliert.

»Aber wenn das so ist«, sagte sie jetzt, »warum nehme ich mir dann nicht einen, der mir zuschaut und applaudiert? Warum liebe ich dann am liebsten die, die mich praktisch nicht beachten?«

Claudia guckte ernst und mitleidig. »Was ist die hervorstechendste Eigenschaft von Vätern? Richtig. Wahrscheinlich hat dein Vater anderes im Kopf gehabt, als zu Kleinmädchenkram zu applaudieren.«

Sandra versuchte sich zu erinnern. Hatte ihr Vater sie nicht genügend wahrgenommen? Still war er gewesen und unwillig, wenn es um Elternversammlungen ging, aber er hatte durchaus ihre Zeugnisse bewundert und ihre Schulfreunde und Kindergärtnerinnen mit Namen anreden können.

»Als zweite Tochter hättest du sowieso ein Junge werden sollen«, sagte Claudia und zuckte mit den Schultern. »Deshalb lebst du jetzt allein und machst Karriere.«

»Ich dachte, ich will einen Mann.«

»Na klar. Aber du findest keinen, wenn du deine Mutter nicht ehrst.«

Es war nicht leicht, sich so gut auszukennen. Klug waren sie, Sandra und Claudia, aber außerordentlich verzagt. Sie beschrieben sich gegenseitig den Weg, wollten ihn dann aber nicht beschreiten. Sahen sich Kylie Minogue im Musikkanal an, die tanzte dort durchsichtig frontal. »Das könnten wir auch«, kamen sie überein, aber wozu? Es gab keine Schallplatten, die sie verkaufen mussten, und niemand interessierte sich speziell für ihre Brüste.

»Wenn Kylie Minogue nackt tanzen darf, mach ich das auch«, sagt Sandra und springt auf.

»Du hast eine Ecke im Hüftschwung«, sagt Claudia, »das sieht ungelenk aus.«

»Dafür kann ich andere Sachen.«

»Ganz bestimmt.«

Sinnkrisen und Lebensfragen. Und eine lange Reihe schillernder Ideen, die unaufhaltsam einstaubten. Sie gingen sich damit gegenseitig auf die Nerven.

»Dann tu's doch!«

»Tu ich auch.«

»Na los, bitteschön.«

»Ich trau mich nicht.«

Vielleicht war es Sandra deshalb so dringend mit dem Mann, den sie liebte. Weil er sich von vornherein weigerte.

Nachhause fuhr Sandra einen Umweg, um nachzusehen, ob er die Nacht in seiner Wohnung verbrachte. Drei Fenster zur Straße hatte er, hinter dem rechten stand das Bett, aber das mittlere war gekippt. Kein klares Zeichen. Sandra war zu verwirrt, um sich zu erinnern, ob er mit offenem Fenster schlief. Und selbst wenn. Was würde Claudia sagen?

»Wenn es eine Verbindung zwischen uns gäbe, könntest du spüren, wo ich bin«, sagt der Mann.

Claudia schnaubt nur. »Vatertöchter und Muttersöhne können kein erfülltes Sexleben miteinander haben.«

Leider nein. Ob er bei einer Muttertochter untergekommen war?

Zum Glück kam Sven aus dem Urlaub zurück.

Er rief Sandra an und verabredete sich mit ihr in einer unterirdischen Cocktailbar.

»Die hättest du ohne mich nie gefunden«, triumphierte er. Sein

Gesicht war hübsch gebräunt, aber trotzdem war er Sven und nicht der Mann, den Sandra unbedingt lieben wollte.

»Warum nicht?«, fragte Sandra, aber es bedurfte keiner Antwort. Vernünftig war sie, auch nach dem zweiten Shut Down, zumal die Cocktailbar hergerichtet war wie der Dienstagstreff der Jungen Gemeinde. Trockenblumensträuße und Unterwasser-Poster. So etwas ließ sich nur mit Sven ertragen, das durfte sie auf keinen Fall gefährden.

Sven war ein bisschen anders. Bei Sven war denkbar, dass ihm in erster Linie die Cocktails schmeckten.

»Schön ist es hier«, sagte er und raufte die Ähren des Erntedankkranzes, der neben ihm auf der Bar lag, »schön, dich zu sehen. Und im Urlaub war es auch schön.«

Sandra überlegte, warum es ihr nicht vergönnt war, sich ein bisschen zu entspannen. Was musste denn schon Großartiges passieren? Es war doch gut, wenn nichts passierte, dann passierte auch nichts Schlimmes. Sie hatte genug zu essen, von Claudia zum Beispiel, sie hatte genug zu trinken, lecker Cocktails mit Sven, sie war von Krieg und Krankheit bislang verschont geblieben, nicht mal einen fremden Toten hatte sie gesehen, geschweige denn, einen bekannten betrauern müssen. Und das Fernsehprogramm war auch in Ordnung.

»Was willst du eigentlich?«, fragt das Schicksal.

Sandra kaut an den Nägeln.

»Ich will«, nuschelt sie, »dass sich alles von selbst ergibt. Und zwar so, wie es meinem Unterbewusstsein richtig erscheint. Ich merke nichts von dieser Fügung, weil mir nicht bewusst ist, dass ich wollte, was ich bekomme. Also muss ich meine Wünsche auch nicht rechtfertigen, vor allem nicht vor mir selbst. Wofür ich dann überhaupt noch denken muss, weiß ich nicht. Für verzauberte orientalische Rätselspiele vielleicht.«

Der Einzige, der diese Gedankengänge wirklich verstand, war

der Mann, den sie liebte. Nur liebte der sie genau deshalb nicht zurück.

»Die doofen Gedanken hab ich selber. Ich will eine Frau, die solche Gedanken verschwinden lässt. Und wenn ich sie treffe, werde ich das daran merken, dass sich die Frage nach Wollen oder Nichtwollen überhaupt nicht mehr stellt. Zack, und richtig ist es. Das kann man bei uns beiden nun wirklich nicht behaupten.«

»Willst du noch einen Shut Down?«, fragte Sven und warf sich eine Handvoll Körner in den Mund.

Sandra schüttelte den Kopf. »Ich will eine Frau sein.«

Sven nickte. »Das wäre toll. Dann könnten wir mehr machen, als uns hier sinnlos zu betrinken.«

Sven war kein Muttersohn. Sven würde alles Mögliche möglich machen, wenn sie ihn ließe.

Sie wechselten von der Cocktail- in die Karaokebar, trauten sich dann aber nicht, einen Song anzumelden.

»Schreib D14«, rief Sandra und trippelte ungeduldig mit den Füßen in einer Bierpfütze.

»Unmöglich, viel zu tief«, sagte Sven. »Wir singen ›When You Believe‹. Ich bin Mariah Carey, du machst Whitney Houston.«

»Niemals.« Sandra wurde blass. »Niemals.«

Sie blätterten ziellos im Liederordner. Die Kellnerin verteilte Apfelkorn zum Warmwerden.

»Wenn doch nur –«, sagte Sandra und sah sehnsüchtig auf das kleine Podest neben dem DJ-Pult.

»Genau«, sagte Sven, »aber was soll man tun.«

Claudia war überzeugt, dass man Frieden schließen musste mit den Vorfahren.

»Nur wenn du ihnen verzeihst, kannst du dich von ihrem Diktat befreien.«

»Kann ich dann auch Muttertochter werden und endlich wieder Sex haben?«

»Nein. Aber du kannst dann zur Abwechslung mal an was anderes denken.«

Beim Duschen überlegte Sandra, dass sie aufhören sollte zu duschen. Die ewige Körperpflege trug entscheidend dazu bei, dass sie sich ungeliebt und unbeachtet vorkam. Jeden Morgen richtete sie etwas her, das den Tag über keinen Abnehmer fand und abends unbenutzt ins Bett zurückgelegt werden musste. Sie sollte vielleicht lieber aufhören, sich hinterrücks bereitzuhalten und damit ständig selbst zu demütigen. Wenn sie ungewaschen, ungezupft, klebrig und stinkend umherging, könnte sie im Gegenteil froh sein, dass ihr niemand zu nahe kam.

»Wer weiß«, flüstert das Schicksal. »Wenn ich mich nicht täusche, ist er auf dem besten Weg, ein bisschen abzuweichen von seinen Grundsätzen. Ich glaube, er kommt heute mal vorbei.«

Und schon steht Sandra wieder unter der Dusche.

Vier Wochen lang war sie jede Nacht bei ihm gewesen. Durchaus mit Einladung und bestimmt nicht aus Versehen. Dann hatte sie gesagt, dass sie ihn liebte.

»Das willst du wohl«, hatte er geantwortet.

Er hatte nicht gewollt.

»Tut mir leid«, hatte er gesagt. Mehrmals. Dann war er wütend geworden: »Ich will nicht, verstehst du? Nein, nein, nein. Einfach: Nein.«

»Aber wenn das so ist«, hatte Sandra gefragt, »warum dann die vier Wochen?«

Er hatte die Schultern gezuckt. Und vorgeschlagen, im Jetzt zu leben.

»Muttersohn«, meinte Claudia, als Sandra ihr davon erzählte. »Ist es gewohnt, Frauen glücklich zu machen. Wahrscheinlich war's wirklich unfreiwillig.«

»Lass ab«, sagte Sven und zählte Sandra all die schönen Dinge auf, die sie bisher erreicht und erlebt hatte. Ohne Frage eine ganze Menge.

»Greif zu«, sagte Claudia und erinnerte Sandra an all die Menschen, die unterwegs waren und darauf warteten, dass andere den ersten Schritt taten.

Der Mann, den Sandra lieben wollte, war allerdings nicht dabei.

»Verdammt nochmal«, schimpfte Sven. »Wie kann man nur so verstockt sein.«

Claudia schnaubte.

Sie fuhren zu dritt zum Baden.

»Zwei schöne Frauen«, sagte Sven, als sie zum Trocknen auf der Decke lagen. »Ich begreif das einfach nicht.«

Sandra und Claudia begriffen es auch nicht. Sie aßen Kekse, deren Schokoladenseite in der Schachtel kleben blieb, und sahen fremden Kleinkindern beim Matschbuddeln zu.

»Würdest du dir zum Stillen die Brustimplantate entfernen lassen, wenn du welche hättest?«, fragte Sandra, und Claudia überlegte. Sven sah mit glasigen Augen über die Kinder hinweg auf den See.

»Ich denke nein«, sagte Claudia. »Wenn ich Brustimplantate hätte, würde ich das Kind per Kaiserschnitt holen lassen und mit Sojamilch aufziehen.«

»Reiswaffeln«, sagte Sandra. »In Sojamilch aufgelöste Reiswaffeln.«

Sie schwammen hin und her. Es war ein herrlicher Nachmittag.

Als Sandra nach Hause kam, blinkte die rote Lampe vom Anrufbeantworter. Sven oder Claudia konnten es nicht sein, mit denen war sie eben noch am See gewesen.

Die Nacht war lau, der Teer weich, das Wasser glitzrig und das Gras frisch gemäht. Der Mann, den Sandra aus unbestimmtem Grund sehr, sehr liebte, war ein bisschen von seinen Grundsätzen abgewichen, hatte die Hände unter ihrer Bluse und die Augen geschlossen. »Mein Sommermädchen«, flüsterte er.

In Situationen großer Bedrängnis sagte Sandra sich Sprichwörter ihrer schwäbischen Großmutter vor. »Am Schluss wird zsammazählt«, kam ihr in den Sinn, und das hier war nicht der Schluss. Sie versuchte den Mann zu küssen, aber er wich geschickt aus. Ob diese Nacht einen Pluspunkt oder einen Punktabzug bedeutete in der endgültigen Rechnung, ließ sich so auch nicht herausfinden.

DIE STELLE

Es ist das letzte Drittel des vorigen Jahrhunderts, mitten in der sogenannten sexuellen Revolution. Meine Mutter bringt mich in der Uniklinik in Ulm zur Welt. Meine Schwester ist drei, meine Mutter Mutter und Hausfrau, mein Vater beim Wehrdienst. Er hasst es. Er entwickelt aus Selbstschutz körperliche Symptome: Seine Füße schwellen an, bis sie nicht mehr in die Kampfstiefel passen. Er wird in die Schreibstube versetzt.

Meine Mutter hasst es auch, mit Baby und Kleinkind und dem Haushalt allein zu Hause. Was ihre körperlichen Symptome sind, ist nicht überliefert. Keine, die dazu führen würden, dass sie irgendwohin versetzt wird.

Als mein Vater seinen Wehrdienst geleistet hat, ziehen wir um nach Offenburg im Schwarzwald. Meine Mutter macht ein unbezahltes Praktikum im Kindergarten meiner Schwester, damit sie Leute kennenlernt und mal rauskommt. Mich kann sie in den Kindergarten mitnehmen, obwohl es dort keine Krippengruppe gibt. Mein Vater arbeitet in der katholischen Buchhandlung und graust sich jetzt vor Nonnen statt vor Offizieren. Wir ziehen ein weiteres Mal um.

In Stuttgart kennt die neue Nachbarin Leute, die einen linken Kinderladen eingerichtet haben, und da komme ich hin. Meine Mutter wird Sekretärin bei einem der Kinderladenväter. Dessen Tochter heißt Carola und wird meine beste Freundin. Wenn's heiß ist, sind wir nackt, wenn wir Kleider anhaben, sollen wir die gerne dreckig machen. Mittwoch ist außerdem Schweinetag, dann wird auch mit Essen geworfen. Manuel steckt sich Spaghetti in die Nase. Carola und ich finden das eklig. Wir wollen gar nicht überall Tomatensoße haben.

Wir wissen genau, wo die Babys herkommen. Wir haben Fotobilderbücher dazu in der Kuschelecke. Wir haben bärtige Zivildienstleistende als Aushilfserzieher, und in einen von ihnen bin ich verliebt. Er ist wunderschön und lustig, aber er stinkt auch. Meine Mutter sagt: »Wenn du in jemanden verliebt bist, findest du automatisch, dass er gut riecht.« Ich atme durch den Mund, wenn ich bei ihm auf dem Schoß sitze.

Carola und ich benutzen das Erzieherklo, weil die Jungs in den Kinderklos immer danebenpinkeln. Aufs Erzieherklo passen wir zu zweit. Wir sitzen Seite an Seite und stoppen, wer länger muss.

Ich besuche meine erste Demo. Worum's da genau geht, verstehe ich nicht, aber dass mein Zivildienstleistender mich auf den Schultern trägt, ist klasse. Wir gehen mitten auf der Straße, dort, wo sonst die Autos fahren.

Ich bin dicker als Carola.

Ich trau mich nicht, über den Querbalken des Klettergerüsts zu balancieren.

Carola zeigt mir einen Trick, wie ich meine hässlichen, kreisrunden Schweinsnasenlöcher schmaler machen kann: Mit zwei Fingern zukneifen und dann die Luft anhalten. Wenn ich das mehrmals täglich übe, kann es sein, dass sie irgendwann so elegant aussehen wie ihre.

In der Schule lerne ich, nicht aufs Klo zu müssen. Ich gehe morgens zu Hause und halte dann fünf Stunden durch. Also: ein.

In der Pause kackt Eleni Nikopolidou ins Treppenhaus und hat meine vollste Bewunderung. Unsere Klassenlehrerin Frau Gerhard findet Eleni nicht mutig. Sie wertet Elenis Akt auch nicht als berechtigten Protest gegen den Zustand der Toiletten, sondern als ein weiteres Zeichen für Elenis Unbeschulbarkeit. Eleni kommt auf die Sonderschule.

Ich selbst bin jetzt im Vollbesitz meiner Kräfte. Ich kann schreiben und rechnen, schwimmen und einhalten. Ich traue mich, vom Fünfmeterbrett zu springen.

Auf dem Schulhof spielen wir Bonanza. Ich bin abwechselnd Little Joe und die Indianerin, in die Little Joe verliebt ist. Je nachdem werde ich erschossen oder schieße selbst.

Unter der Robinie am hinteren Ende des Hofs küsse ich Thorsten Weingärtner und Ömer Arslan und sie behaupten, dass wenn, dann sie mich küssen dürfen. Sie stecken mir einen Zettel zu, auf dem steht in Druckbuchstaben: LESPE. Meine Mutter sagt, das sei dumm und falsch geschrieben.

Das letzte Fünftel des Jahrhunderts bricht an. Amerikanische Mittelstreckenraketen werden bei meiner Oma auf der Ostalb stationiert. Mein Vater tritt aus der Kirche aus, in meiner Klasse sind jetzt keine Gastarbeiterkinder mehr. Wir sitzen in drei ordentlichen Reihen, Mädchen neben Mädchen, Jungs neben Jungs, und wir kriegen Fremdsprachenunterricht und Kopfnoten.

Im Freibad gibt es ebenfalls getrennte Jungs- und Mädchenlager, allerdings so nah beieinander, dass man sich gut sieht. Das mit den Nasenlöchern mache ich nicht mehr, dafür lerne ich, den Bauch einzuziehen.

Carola ist immer noch dünner als ich und hat trotzdem schon Busen. Meine Mutter sagt, dass ich nicht mehr kriegen werde als sie selbst oder Tante Gerda. Markus Häfele, in den alle aus der Klasse verliebt sind, sagt, ich sei zwar hässlich, aber mein Charakter sei okay. Ich frage mich, was ich tun kann.

Ich bete. Manchmal gibt es Ausnahmen in der Zwangsläufigkeit der Genetik. Ich könnte zumindest meine Brille loswerden, mir Kontaktlinsen zum nächsten Geburtstag wünschen. Ich mache meine erste Diät. Zwei Tage halte ich durch, dann wird der Geruch aus der Bäckerei übermächtig. Zumindest sehe ich nicht so aus wie Melanie Meyer-Schrefel. Außerdem können mich alle mal.

Ich schneide mir die Haare ab und stelle sie mit Zuckerwasser hoch. Ich lackiere meine Turnschuhe schwarz und gehe in Herrenunterwäsche in die Schule. Markus Häfele sagt nichts mehr zu mir.

Wenn ich nur wüsste, wie das mit dem Ekel genau funktioniert. Warum manche nichts haben und andere alles.

Alle sind in Markus Häfele verliebt, und in Rainer Bergmann ist niemand. Der gilt als eklig, aber woran liegt das? Markus wäscht sich garantiert nicht öfter. Sieht höchstens so aus, als wisse er besser, wie's geht.

Selbstsicherheit, sagen manche. Wer glaubt, dass er schön ist, der ist es dann auch.

Rainer riecht vermutlich genauso gut oder ungut wie Markus, doch selbst wenn alle gleich riechen – gut oder nach nichts – kann man immer noch sagen, wer ekliger ist. Bei wem es einen schüttelt. Wen man sich nicht nackt vorstellen will.

Markus Häfeles Unterhosen würde jede aus unser Klasse aufheben und sogar ihr Gesicht darin vergraben. Rainer Bergmanns? Niemals.

Es widert mich an, dass es so ist. Es ist albern und absolut unlogisch. Ich will Gerechtigkeit erzwingen. Ich zwinge mich, in Rainer Bergmann verliebt zu sein, denn es spricht einfach überhaupt nichts dagegen!

Ekel vor Ungerechtigkeit ist allerdings etwas völlig anderes als Ekel vor Geruch. Ich will Ungerechtigkeit eklig finden, kann sie dann aber doch den ganzen Tag ertragen. Als ich hingegen versuche, mein Gesicht in Rainer Bergmanns Unterhosen zu vergraben – auf der Klassenfahrt, im leeren Jungszimmer, heimlich – und dabei tief und genussvoll einzuatmen, muss ich tatsächlich fast kotzen und ganz schnell wieder damit aufhören.

Es muss Methoden geben, sich zu trainieren. Sich umzuerziehen, zu steuern. Mit Essen und Trinken klappt es doch auch: Ich mochte nie Kaffee, langsam geht's.

Ich esse zur Übung lauter eklige Sachen: Muscheln. Und Schnecken. Ich zwinge mich, sie nicht nur rasch runterzuschlucken, sondern ordentlich zu zerkauen. Auf die Muscheln draufzubeißen, mir die Fühler der Schnecke vorzustellen, während ich sie im Mund habe, ihre saugende Unterseite. Ich sehe mir auf dem Gehweg Hundehaufen an. Ich sehe Hunden dabei zu, wie sie scheißen. Wie die Wurst aus ihrem Po kommt, abreißt und dann daliegt und dampft. Ich putze freiwillig das Klo in unserer Wohnung. Ich gehe zum ersten Mal in meinem Leben aufs Schulklo. Ich schlüpfe nach dem Duschen in den Bademantel meines Vaters, der bestimmt seit einem halben Jahr nicht mehr gewaschen wurde, und ich kuschle mich zu meiner Mutter ins Bett, obwohl ich weiß, dass sie unter ihrem Nachthemd nackt ist.

Es nützt alles nichts. Ich kann noch so viel üben und will trotzdem Markus Häfele küssen. Wenn nicht mal ich, die wirklich motiviert ist, ihr Begehren ändern kann, gehört es vielleicht zu den Phänomenen, mit denen man sich abfinden muss. Aber ich will mich nicht abfinden. Ich will nicht wollen, was ich nicht will. Also: Was ich will. Was alle wollen.

Ich will mir mein Begehren unterwerfen. Mit Kleidern funktioniert es doch auch! Und mit Musik. Je schlechter was zusammenpasst, desto schöner. Und je falscher es klingt, desto Punk. Aber wenn das Ohrläppchen sich entzündet und die Poren verstopfen und die linke Brust größer ist als die rechte und Haare um die Brustwarzen herum wachsen und sich wiederum entzünden, sobald man sie ausreißt, und dazu noch Doppelkinn und Orangenhaut und kein Po, dann heißt das nicht Punk, dann heißt es: hässlich.

Ich weiß nicht, was ich machen soll.

Im Ferienlager legt einer den Arm um mich. Er hat eine feste

Zahnspange und eine Popperfrisur, aber trotzdem. Ich stecke ihm die Zunge in den Mund, als wir uns küssen, er zuckt aufgeschreckt zurück. Ob ich ihn bitte warnen könne, bevor ich so etwas tue? Ich sage ihm nicht, dass Küssen nun mal so geht. Ich schäme mich furchtbar.

Ich bin eine, die vor sich selbst warnen muss – wie soll ich jemals mit jemandem Sex haben? Ich weiß genau, wie's geht, aber auf keinen Fall will ich, dass jemand mich eklig findet. Also warte ich lieber, bis ich ganz sicher bin.

Das Komische an Sex ist, dass er an sich eklig ist – weil mit Schleim und Schleimhäuten verbunden. Extra eklig heißt hier: extra schön. Aber wann wird das Eine zum Andern?

Es gibt offenbar Regeln der Überwindung. Und des Überwundenwerdens, das ist mir jetzt klar. Hätte er angefangen, hätte ich niemals was gesagt.

Ich habe mich geübt.

Ich kann alles aushalten.

In der Schule schleichen Jungs und Mädchen umeinander rum. Spielen Spiele, wo man scheinbar gezwungen wird: Auf wen die Flasche zeigt, der muss sich küssen.

Auf den Schnüffelpartys der Tanzschulen fordert mich niemand auf. Wie auch: Ich bin immer noch Punk.

Ich versuche mir die Haare wieder lang wachsen zu lassen und halte nicht länger als drei Monate durch. Ich überlege, mir zum Geburtstag eine Perücke zu wünschen. Wenn man je nachdem und einfach so sein Aussehen umstellen könnte!

Meine Schwester hat Sex, so viel weiß ich. Doch ich weiß nicht, wie sie das macht. Kann gut sein, dass sie eine Schlampe ist. Sich halt hergibt, sich was vergibt.

Es gibt solche auch in unserer Stufe. Daniela Konz hat's schon getan, das wissen alle, das erzählt man rum. Doch wie schafft sie das nur, wieso traut sie sich? Und kann am nächsten Tag wieder ganz sie selbst sein, Mathe lernen, an andere Dinge denken. Wie kann sie sich gleichzeitig hergeben und behalten? Mir scheint das ein unzumutbares Risiko. Ich will auf der sicheren Seite bleiben.

Kann sein, wenn ich
– schöner wäre,
– dünner wäre,
– zarter wäre,
– unbehaarter wäre,
wenn ich irgendwie
– gewollter wäre,
wäre alles kein Problem.

So wie's aussieht, will mich aber keiner. Wenn, dann wollen alle Sonja Severin, weiß der Himmel, warum. Es ist dasselbe wie mit Markus Häfele. Sie ist Markus Häfele, ich bin Rainer Bergmann. Und habe kein Recht, mich zu beschweren. So lange ich Markus Häfele will, wollen die andern Sonja Severin. Selbst schuld, Stelling. Sel-ber schuld.

Fast alle, mit denen ich befreundet bin, sind gern auf der sicheren Seite.

In den Hofpausen entwerfen wir Psycho-Tests. Was würdest du tun, wenn du zufällig weiße Hosen trägst und vorne an der Tafel stehst und kriegst plötzlich deine Tage? a) Losheulen, b) wegrennen, c) auf jeden Fall die Schule wechseln.

Auf der sicheren Seite ist sehr wenig Sex.

Ich lerne den Ausspruch »Dumm fickt gut« und denke, dass er nicht stimmt. Es müsste heißen »Dumm fickt«.

Es ist unmöglich, sich mit anderen zu verbünden. Über Sex lässt sich nicht reden, es hat ihn niemand kapiert. Es ist ein Widerspruch, etwas zu wollen, das man nicht will, sich nach etwas zu sehnen, wovor es einen ekelt, sich zu zwingen und zwingen zu lassen – und sich am Ende nicht mal sicher zu sein: Am Ende war es vielleicht falsch.

Wer soll so viel Souveränität besitzen.

Es hilft nur, dumm zu sein oder betrunken. Dumm im Sinne von beschränkt und sorglos, ganz im Hier und Jetzt, ohne die Vorstellung von Gleichzeitig- und Mehrdeutigkeit, ohne Angst vor Reue und Scham. Und betrunken im Sinne von genau demselben.

Ich will nicht so feige sein. Ich will nicht Hauptsache trinken.

In der Sowjetunion bricht die Zeit der Transparenz an. Michail Gorbatschow verhandelt mit Ronald Reagan über den Abzug der Mittelstreckenraketen.

Ich weiß jetzt, dass Sex Macht bedeutet. Schamlosigkeit muss man sich leisten können.

»Ist der Ruf erst ruiniert«, lerne ich und überlege, eine Schlampe zu werden wie meine Schwester und Daniela Konz – die Konze. Die Stelle würde ich heißen.

Die Stelle nähme sich einfach, was sie braucht und kriegen kann. Ginge davon aus, dass die andern es genauso brauchen und auch sehr gerne kriegen sollen. Sie würde losgehen und loslegen. Ist doch scheißegal. Ist schon alles gut so.

Ich selbst hingegen bete immer noch.

Zupfe und creme.

Hauche heimlich in die Hand.

Ziehe den Bauch ein, übe Sit-ups.

Ich halte mich zurück, warte ab, bin nicht wirklich da, stecke niemals jemandem ohne Vorwarnung irgendwas wohin und verliere mich in der Hoffnung, eines Tages erlöst zu werden vom unhaltbaren und hoffentlich nie enden wollenden Begehren eines andern. Meines Märchenprinzen. Markus Häfele?

Es ist traurig.

Die Mauer fällt und Deutschland vereinigt sich.

In unsere Klasse kommt Annekatrin aus Weimar, die die hundert Meter unter zwölf Sekunden läuft. Die Jungs sagen, sie wäre gedopt.

Ich habe nüchtern nüchternen Sex, und es geht schon. Ich sehe mir Bertrams Schwanz genau an und finde ihn nicht eklig. Im

Gegenteil, das ist alles in allem vor allem Bertram, und was rauskommt, ist interessant.

Anders bei mir, bei mir gibt's nichts zu sehen. Ich bestehe nicht darauf, genauer wahrgenommen zu werden. Denn wer weiß, vielleicht fände er mich eklig – auch wenn ich ihn nicht eklig finde. Ich bemühe mich weiterhin, möglichst gut auszusehen und mich bestmöglichst zu pflegen. Ich bin weiterhin vor allem für mich selbst verantwortlich und weiterhin weitestgehend geheim. Ich vergesse mich nie, und ich sorge für Verhütung. Spiele nach, was ich in Filmen gesehen habe. Erfahre aus Fachbüchern, dass ich statistisch erst mit Anfang dreißig wirklich guten und für mich befriedigenden Sex haben kann. Noch ist es nicht so weit, ich hab noch Zeit.

Ich warte auf den Beginn des einundzwanzigsten Jahrhunderts.

Kurz nach Beginn des einundzwanzigsten Jahrhunderts bin ich tatsächlich Anfang dreißig. Die sogenannte sexuelle Revolution ist vorbei, die Konterrevolution hat eingesetzt. Amerikaner und Russen sind von deutschem Boden abgezogen und haben den Großteil ihrer Atomraketen mitgenommen. Ich hatte inzwischen Sex mit verschiedenen Jungs und Männern. Ostdeutsche Frauen sind besser im Bett, höre ich, weil sie lockerer sind und natürlich. Ich weiß, dass ich zu viele Filme geschaut habe. Ich weiß auch, dass da getrickst wird:

– Das Licht am Set ist besser.

– Die meisten haben Körperdoubles, zumindest für einzelne Partien.

– An der entscheidenden Stelle ist immer Schnitt.

– Die da zu sehen sind, sind Schauspieler, und Schauspieler sehen mehr aus wie Schauspieler.

– Schauspieler können in der Regel besser schauspielen, zum Beispiel, dass sie Lust empfinden.

– Und dabei immer noch gut aussehen.

Trotzdem. Ohne Rahmen ist die Sache zu gefährlich. Und den Rahmen bilden das Normale und die Schönheit.

Ich bin leider immer noch nicht schön genug. Mein Bauch steht weiter vor als mein Busen, überall wachsen Haare, und wenn ich versuche, sie loszuwerden, wird alles nur noch schlimmer.

Was normal ist, ist schwer zu ermitteln, schließlich ist man beim Sex der anderen nicht dabei. Es bleiben die Filme, in denen getrickst wird. Es bleiben vage Andeutungen von Freundinnen und Freunden, die allesamt ebenfalls nicht wissen können, ob das, was sie machen, normal ist. Also tricksen sie garantiert auch.

Der selbstbestimmte Sex bleibt unerreichbar. Nein sagen kann ich, ein Nein bringt mich in Sicherheit, doch jedes Ja liefert mich dermaßen aus, dass ich daraufhin nicht mehr ich selbst sein kann. Wenn ich Ja sage, muss ich schön und normal sein, also weiterhin so tun, als ob.

Das Ende der Blöcke hat ein Vakuum zurückgelassen, die Welt verlegt sich auf scheinbare Individualisierung und aufs Geld.

Auch ich halte mich hilflos an die Gesetze der Ökonomie. Wem ich meinen Körper zumute, der kriegt seine Auslagen zuverlässig und prompt von mir zurück. Sex ist ein Tauschgeschäft, bei dem es um absolute Ausgewogenheit geht. Ein geringer Kreditrahmen ist verhandelbar, allerdings mag ich es lieber, wenn der andere ins Minus gerät und nicht ich. Er acht Orgasmen, ich einen. Ich schlucken, er einschlafen.

Es nützt mir nichts zu wissen, dass ich nicht eklig bin – nicht ekliger als alle andern, als der Mensch an sich mit seinem Fleisch und seinen Verdauungsvorgängen. Ekel ist unberechenbar, und Begehren bleibt ein Gefühl.

Ich heirate einen Mann, der klüger ist als ich. Wie Sex gehen soll, sagt er, weiß er auch nicht. Dafür bescheren mir meine Schwangerschaften endlich einen richtigen Busen. Und währenddessen den Bauch einzuziehen, ist gar nicht möglich. Wenn ich könnte, würde ich ewig schwanger sein.

Tante Gerda bekommt Brustkrebs, meine Mutter ein Vaginalkarzinom. Ich bin geneigt, diesen Umstand mit Bedeutung aufzuladen: Kann es sein, dass sie verschont geblieben wären, hätten sie ihre Geschlechtsorgane geliebt? Aber nein, ich weiß ja, dass Krebs nicht berechenbar ist. Und jeder stirbt über kurz oder lang an irgendwas.

George Bush mobilisiert zum Kampf gegen das Böse. Ich bin mit Kinderaufzucht befasst.

Meine Tochter hat dummerweise verschiedene Körpermerkmale von mir geerbt, es war ein Glücksspiel, jetzt steht sie da wie ich. Wenn schon nicht für mich, muss ich wenigstens für sie den Durchbruch schaffen. Es darf nicht sein, dass sich das gleiche Elend immer weiter wiederholt!

Vergeblich versuche ich, zugleich zur Stelle zu sein und zur Stelle zu werden.

Sollte das Kinderkriegen eine nicht endlich mit ihrem Körper versöhnen? Wo er doch bewiesen hat, was er zustande bringt?

Die Zeit arbeitet gegen mich. Das neue Jahrtausend geht in die zweite Dekade, Anfang dreißig ist inzwischen längst vorbei.

As long as there are nuclear weapons in the world, NATO will remain a nuclear alliance, heißt es, weshalb die auf deutschem Boden verbliebenen Mittelstreckenraketen schleunigst saniert werden. Ich registriere verstört den Verfall meines Körpers.

Was einst zumindest halbwegs passabel schien
– Haut
– Kopfhaar
– Arme
– Ohren
– Silhouette insgesamt
– flüchtiger Eindruck der primären Geschlechtsorgane
verliert Farbe und Spannkraft, wird schlaff, grau, fleckig, fängt an zu hängen, zu verschwinden oder zu zerknittern.

Es wird immer schwieriger, mir mich selbst beim Sex vorzustellen im Rahmen des Normalen und der Schönheit – weil nicht mal mehr Jugend das Ganze zusammenhält.

Je älter, desto ekliger: das ist kein Gefühl, das ist Fakt. Jetzt bleibt endgültig nur noch Special Interest.

Ich weiß, es hilft nicht zu jammern, zu verzagen oder zu bereuen. Es ist verlogen, sich einzureden, in jüngeren Jahren sei es leichter gewesen.

Es war nie leicht.

Ich war niemals schön und normal.

Niemand war je schön und normal genug.

Beim silbernen Klassentreffen fährt Markus Häfele im SUV vor. Sonja Severin berichtet von einem supersüßen Wellnessresort auf Bali, das sie allen anwesenden Frauen wärmstens empfiehlt. Rainer Bergmann trinkt nur Apfelschorle, bekennt auf Nachfrage, jetzt seit über vier Jahren trocken zu sein. Die Bedienung im schwäbischen Gasthaus stammt aus Eritrea, alle starren ihr ratlos und begehrlich hinterher.

Ich überlege, wie es sich anfühlt, mit einem balinesischen Boy gegen Geld Sex zu haben. Ich stelle mir vor, wie Markus Häfeles Hand auf dem im Leerlauf vibrierenden Schaltknüppel seines Autos liegt und frage mich, was genau ihm das wohl gibt. Ich erwäge, dem nüchternen Rainer auf die Gasthaustoilette zu folgen, doch wer kein Bier trinkt, muss deutlich seltener aufs Klo.

Wenigstens in einem Punkt bin ich mir jetzt sicher: Der Rahmen ist das Problem. Wenn ich dem nur endlich entkommen könnte.

Die Abrüstungs- und Ermächtigungslieder meiner Jugend gehen mir durch den Kopf:

Es reißt die schwersten Mauern ein
und sind wir schwach, und sind wir klein
wir wollen wie das Wasser sein
das weiche Wasser bricht den Stein.
– Unter dem Pflaster, ja, da liegt der Strand
komm, reiß auch du ein paar Steine aus dem Sand.

Ich lasse den Blick über meine ehemaligen, altgewordenen Kameradinnen und Kameraden aus dem letzten Jahrhundert schweifen; in ihrer Gegenwart lösen sich die Jahrzehnte mühelos auf. Kann nicht der Rahmen auf dieselbe Art und Weise gesprengt werden?

»Hey«, sage ich zu Rainer Bergmann. »Wenn du nicht mehr trinkst, wie machst du's denn dann mit dem Sex?«

Er sieht mich eine Weile nachdenklich an.

»Ich bin noch am Anfang«, sagt er schließlich.

Ich nicke.

WAS, WENN NICHT DAS

Was inzwischen alles kaputt ist:

Der Fernseher. Er lässt sich nicht mehr einschalten. Es knistert zwar, wenn man auf den Knopf drückt, aber Bild kommt keines.

Die Dusche. Überall läuft Wasser raus, aus dem Hahn, hinten am Griff, an zwei Stellen aus dem Schlauch. Nur vorne, aus dem Duschkopf, kommt keines.

Die Waschmaschine. Man muss das Programm von Hand weiterdrehen, und die Kleider haben kleine, hartnäckige Rostflecken, wenn sie aus der Trommel kommen.

Die Temperatur vom Backofen ist nicht mehr kontrollierbar. Die Heizkörper werden nur zur Hälfte warm. Irreparabler Diskettenfehler in Laufwerk A. Klebriger Film auf der Unterseite des Bügeleisens. Klumpen in der Bettdecke. Knacken im Tretlager. Entzündete Nagelhaut. Herpes am Mund.

Kann mir mal irgendjemand sagen, wie spät es ist?

Fünfzehn Uhr dreißig.

Sonja wünschte sich ein Heim. Wie es genau aussehen sollte, wusste sie nicht. Nur dass ihres nichts mehr taugte, da war sie sich sicher. Auf dem Fensterbrett lag ein großer, toter Falter. Und die Wohnungstür schloss auch nicht mehr richtig. Nachts, wenn sie schlafen ging, schob sie ihren Schuhschrank davor.

Mit wem es bisher alles nicht geklappt hat:

Rainer, Sonjas Sandkastenliebe. Als sie zehn war, wurde sein Vater nach Düsseldorf versetzt, und die Familie musste nachkommen.

Tom, der Junge, mit dem Sonja zum ersten Mal im Bett war. Er hatte es nur ausprobieren wollen.

Jakob, von siebzehn bis neunzehn. Scheiße, das kitzelt, brüllte er, weil sie nicht aufhören konnte, die zarte Haut über seinem Schlüsselbein zu berühren.

Lars, ihr Arbeitskollege aus dem Café Bernstein. Entweder du oder ich, was immer das heißen sollte.

Rainer zwei, in den sie sich womöglich nur wegen des Namens verliebt hatte.

Klaus. Sargon. Micha.

Verdammt, wie spät ist es eigentlich?

Viertel vor vier.

Sonja wusste im Prinzip, worauf es ankam. Zimperlich war sie auch nicht. Eher ein bisschen schnell bei der Hand. Wahrscheinlich hatte sie einfach nur Pech gehabt.

Es klingelte. Sonja nahm den Hörer der Sprechanlage ab.

»Hallo?«, fragte sie.

»Die Zeitung«, sagte jemand.

Angebotszettel vom Heimwerkermarkt. Sonja sammelte Bilder von Bodenbelägen. Sie schnitt sie aus, klebte sie auf Postkarten und schickte die Postkarten an ihren Vater, der auch viel zuhause war. Er revanchierte sich regelmäßig mit Ansichten von Küchenzeilen.

»Dankeschön«, sagte Sonja in die Sprechanlage und hängte auf.

»Lieber Daddy«, schrieb sie. Das englische Wort konnte man als erwachsenes Kind gut verwenden. »Was auch passiert, hier passiert es auch.« Wie immer blieb sie ein bisschen allgemein. Es kam vor allem auf die Vorderseite der Postkarten an. »Ich umarme Dich und bin: Deine Sonja.«

Womit beim besten Willen nichts anzufangen ist:

Das Abitur. Sonja hatte ein paar wirklich gute Noten geschrieben.

Die Hebammenausbildung. Sonja kannte die Handgriffe und erhielt heute noch Weihnachtsgrüße von zwei Familien, die sie vervollständigt hatte.

Das Pädagogikstudium. Es gab da eine Stelle im Waisenhaus von Neustrelitz. Oder, bei gleicher Eignung, ein Stipendium am Doktoranden-Kolleg in Hildesheim.

Der Führerschein, ohne Auto.

Eine Brieffreundin in Dresden, die inzwischen auch reisen konnte, wohin sie wollte.

Eine asthmakranke Perserkatze, die das Seniorenfutter von Whiskas bekam.

Wie viel?

Zwanzig nach vier.

Sonja klebte eine Sondermarke auf die Postkarte und steckte sie in die Jackentasche. Draußen roch es nach nassem Gehweg.

Doch nicht so schlecht, dachte Sonja.

Wenn sie in ihrer Wohnung saß, vergaß sie schnell, dass es die Stadt gab. Gab es die Stadt, gab es einen Zusammenhang. Einen Zusammenhang zwischen Wohnung und Welt. Zwischen Sonjas dritter Kanne Fencheltee und dem Dönerverkäufer, der Bonbons an kleine Kinder verschenkte.

Er ist trotzdem der schwarze Mann, dachte Sonja. Sie wischte mit dem Jackenärmel den Postkastenschlitz trocken und warf die Karte ein.

Was immer noch zu tun bleibt:

Sonderangebote anschauen. Vor allem jetzt im Winterschlussverkauf.

In der Wertstofftonne nach noch mehr Angebotszetteln suchen. Ausschneiden.

Eine Frauenzeitschrift kaufen. Produktproben entnehmen und ausquetschen. Den Klebstoff vom Tütchen rubbeln, zur Kugel drehen und in die Gegend schnipsen.

Auf dem Sofa liegen und zuhören, wie es im Bauch rumort.

Einen Erdbeerbecher essen. Vor allem jetzt im Winter.

»Lass mich«, sagte Sonja zu dem jungen Mann mit Hund, der sie nach Kleingeld fragte. Sie umklammerte ihr Portemonnaie und stieg die Stufen zur Einkaufspassage hoch.

Innen gab es einen öffentlichen Fernsprecher mit rosa Hörer. Sonja führte ihre Karte ein und wählte.

»Hallo?«, sagte Micha.

»Hier ist Sonja.«

»Wo bist du denn?« Micha hatte ein Telefon, das ihren Namen anzeigte, wenn sie anrief. Allerdings nur, wenn sie zuhause war; wirklich schlau war es nicht.

»Ist doch egal.«

»Stimmt. Sehen wir uns heute noch?«

»Warum?«

»Keine Ahnung. Weil du anrufst.«

Sonja dachte nach. Sie rief Micha ständig an. Deshalb sah sie ihn auch am häufigsten von allen Menschen, die sie kannte. Ihr Leben nähme wahrscheinlich einen völlig anderen Verlauf, wenn sie einfach mal die Nummer änderte.

»Kannst du mir sagen, wie spät es ist?«, fragte sie.

»Halb fünf«, sagte Micha.

Was unbedingt aufhören muss:

Die Fernsteuerung. Das Nasebohren. Die Panik, weil es schon wieder halb fünf ist. Micha.

64

»Wenn du in einer Kleinstadt nicht weißt wohin«, hatte ihr Vater gesagt, »geh in das italienische Eiscafé. Es gibt überall ein italienisches Eiscafé. Venezia, Cortina oder San Remo. Dort schmeckt der Kaffee besser. Und einen Stammtischaschenbecher gibt es auch nicht.«

Das Eiscafé in der Einkaufspassage war ein mit Plastikblumen abgetrennter Bereich des Mittelgangs. Italienisch war es nicht, weshalb Sonja keinen Kaffee, sondern Fanta bestellte. »Grazie«, sagte sie trotzdem.

Sie nippte an ihrer Fanta. Weiter rechts saß ein älterer Mann in einem hellen Mantel. Er sah in seine Tasse, als wolle er gleich etwas Wichtiges sagen, obwohl niemand mit ihm am Tisch saß. Sonja hätte gerne gewusst, was es war. Sie versuchte, ebenso gespannt in ihr Fanta-Glas zu blicken. Vielleicht käme er dann rüber.

Was auf keinen Fall aufhören darf:

Nieselregen im gelben Schein der Straßenlaterne. Schlafgeruch im Flanellnachthemd. Regelmäßige Herztöne. Sex mit Micha.

»Es läuft schief«, sagte der Mann, »aber das tut es immer. Warum sitzen Sie jetzt hier?«

»Weil mein Papa es mir geraten hat.«

»Kluger Mann, Ihr Papa.« Der Mann hielt ihr seine Zigarettenpackung hin. »Haben Sie einen Plan? Etwas, das Sie unbedingt tun wollen?«

»Eben nicht«, sagte Sonja und ließ sich Feuer geben. »Aber dass es schiefläuft, ist trotzdem sicher.«

Sonja hatte sich schon wieder verliebt.

Was man alles nicht ernstnehmen kann:

Gefühle. Sie sind widersprüchlich und extremistisch.

Philosophisches Gerede. Es tönt aufgeblasen und dennoch zu eng.

Zigaretten rauchen. Es macht nicht high und stinkt in den Kleidern.

Sonja notierte die neue Telefonnummer. Dann machte sie sich auf den Heimweg.

»Vom Wunsch in die Verwünschung«, klang es in ihrem Kopf, etwas, das ihr nicht selbst eingefallen war, sondern irgendwie in Zusammenhang mit den letzten anderthalb Stunden stand. »Was treibst du bloß«, war ihre Übersetzung. Oder wäre es Michas? Sie hatte das dringende Bedürfnis, Micha anzurufen. Aber die Vorstellung, dass ihr Name auf seinem Display erscheinen würde, hielt sie zurück. Außerdem war ihre Telefonschnur defekt. Es brauste seit neuestem in egal welcher Verbindung.

Sie schob den Schuhschrank vor die Wohnungstür, obwohl es erst halb sieben war.

Was Träume alles verheißen:

Ein Baby. Weich und duftig, mit kleinen Dellen in den Ellbogen und gelb verklebten Augenwimpern.

Das Heim. Ein lauer Wind, der durch die bodenlangen, bauschigen Vorhänge bläst.

Kühle Hände, die sich einem fest auf die Ohren legen. Energische Stimmen, klare Entscheidungen. Reifenspuren im Acker, die oben auf der Kuppe vom blauen Himmel abgeschnitten werden. Jede Menge sprudelndes Wasser.

Sonja wachte auf und wusste nicht, ob es Abend oder Morgen war. Der Wecker zeigte zehn nach zwölf, aber das tat er seit drei Tagen. Sie taumelte in den Flur und wählte die Nummer der Zeitansage.

»Guten Abend!«, sagte eine aufmunternde Frauenstimme durch das Brausen hindurch. »Heute ist Donnerstag, der –«, jetzt wurde sie von einer anderen, monotonen Frau abgelöst: »Achte Februar –«, dann übernahm die erste wieder: »Zweitausendeins! Beim nächsten Ton ist es –«, und wieder die andere: »Zweiundzwanzig Uhr, vier Minuten und vierzig Sekunden.«

Sonja hörte eine Weile zu, bis sie verstanden hatte, wie spät es war.

Sie legte den Hörer auf. Ein merkwürdiges Gerät, dachte sie. Es tut nur so harmlos. Hoffentlich ist es bald vollends kaputt. Dann nahm sie den Hörer wieder ab und wählte die neue Nummer.

Wo man hinkann, wenn alles zu spät ist:

Nach Neustrelitz und eine wirklich gute, gütige Hausmutter werden.

Nach Afrika, HIV-Workshops für heimische Hebammen leiten.

Auf Trebe und sehen, dass man's mal wesentlich besser hatte.

Mit Micha aufs Standesamt, wenn er dann noch will.

»Hallo?«

Sonja zögerte. Die Stimme klang belegt. Sie wusste nicht, ob es die richtige war.

»Hallo, wer spricht denn da?«

Niemand, dachte Sonja, das ist ja das Problem. Was für eine blöde Frage. Es konnte nicht der Richtige sein. Sie legte auf.

Zurück ins Bett ging nicht. Fernsehen ging nicht. Badewanne ging nicht. Die Wege durch die Wohnung waren hoffnungslos ausgetreten. Sonja wurde nervös.

Das Telefon klingelte.

»Hier ist Sonja«, sagte Sonja erleichtert.

»Also doch«, sagte die belegte Stimme, die jetzt wieder richtig klang. »Du hast mich gerade angerufen, stimmt's?«

Sonja seufzte. »Bist du auch so einer.«

Er lachte. »Vielleicht. Mal sehen.«

Sonja nahm das Telefon und setzte sich auf den Schuhschrank, um ihn zusätzlich zu beschweren. »Ich muss mich wohl fügen«, sagte sie.

»Wo rein?«

»Nicht schlafen zu können. Dass alles kaputt ist. In die moderne Kommunikationstechnik. Zweidimensionale Küchenzeilen. Stimmen vom Band. Du. Micha. Fanta. Die Uhrzeit. Schleichende Verwahrlosung.«

Offensichtliche Verwahrlosung. Sehnsucht. Furcht. All das.

Sonja lauschte.

Denn was, wenn nicht das.

GLÜCKLICHE FÜGUNG

Nach und nach ging alles zu Ende.

Simone fragte sich, wie andere Leute die Dinge am Laufen hielten.

Ihre Umschulung vom Arbeitsamt hatte in die völlig falsche Richtung geführt; das Grafikbüro, für das sie einmal die Woche schwarz die Buchhaltung machte, ging pleite; Herbert hatte sich nach monatelangem Hin und Her für seine Ex-Freundin entschieden; und Simones Mutter, zu der sie regelmäßig zu Besuch gefahren war, zog zu Simones Schwester nach England.

»Du findest schon wieder was«, sagte Anna, die letzte von Simones Freundinnen, die manchmal noch Zeit für ein Abendessen hatte.

Aber das Gegenteil war der Fall, Simone kam immer noch mehr abhanden. Sie wusste nicht, wohin sie abends ausgehen sollte, ohne die Älteste zu sein; sie hatte Lust, mal wieder Völkerball zu spielen, aber dazu brauchte man mindestens acht Leute und einen Ball; ihre Lieblingsserie im Fernsehen wurde abgesetzt, das Erdbeermüsli vom Supermarkt ausgelistet; sie wurde unsicher, was sie anziehen oder kochen sollte, und nur für sich selbst lohnte der Aufwand auch nicht.

Vielleicht war sie zurzeit einfach nicht dran. So was kam vor; wie sollten denn auch alle stets gleichermaßen berücksichtigt werden im großen Plan? Ab und zu musste jemand aussetzen. Aber es war schwierig, zu leben ohne dran zu sein. Nonnen konnten das vielleicht oder ältere Geschwister, aber Simone nicht. Also versuchte sie, die Sache mit Gewalt zu regeln. Sie zog champagnerfarbene Strumpfhosen an, ging zu Annas Geburtstagsparty und wurde schwanger von einem Mann, den sie kaum kannte.

»Das kann passieren«, sagte sie, um zu rechtfertigen, dass es ausgerechnet jetzt passiert war. »Man ist schließlich keine Verhütungsmaschine.«

Sie zog mit Hannes, dem Erzeuger des Kindes, in ein Haus vor der Stadt und machte sich daran, das Kinderzimmer einzurichten. Weil die S-Bahn nicht bis zur Siedlung rausfuhr, war die Miete günstig. Hannes kaufte ein gebrauchtes Auto.

»Nimm es«, sagte er, »ich fahr mit dem Rad zum Bahnhof.«

Simone ging doppelt so oft wie nötig zu den Vorsorgeuntersuchungen und ließ einen Haufen Ultraschallbilder anfertigen, weil das Kind nie zeigen wollte, was es war.

»Wenn wir jetzt nochmal nachsehen, muss ich allerdings eine Gebühr erheben«, sagte die Gynäkologin. Sie verteilte großzügig Gleitgel auf Simones Bauch. Dennoch war nichts zu erkennen; nur das Herz des Fötus schlug schnell.

»Keine Sorge«, sagte die Gynäkologin, »das muss so sein.«

Das Kinderzimmer wurde ein Traum in Weiß und Gelb. Ende des fünften Monats löste sich an einer Stelle die Tapete wieder ab, im Verlauf des sechsten warf sie im gesamten unteren Drittel Falten, und es stellte sich heraus, dass die Mauern des Hauses porös und voller Wasser waren.

»Es gibt Schlimmeres«, sagte Simone zu Anna, mit der sie jeden Tag telefonierte, um nicht auf die Nachbarinnen angewiesen zu sein. »Schließlich hätte sich auch die Plazenta lösen können.«

Trotzdem machte sie sich Sorgen, das Baby ins feuchte Kinderzimmer zu legen.

»Am Ende fällt noch der Putz in die Wiege. Und Schimmelsporen reizen die Atemwege.«

Hannes hatte sich die Sache angesehen und geseufzt und mit dem Fingerknöchel gegen die Wand geklopft. Simone seufzte ins Telefon.

»Er wird die Miete mindern, hat er gesagt. Und von dem Geld kaufen wir uns Atemmasken und Taucheranzüge.«

Anna am anderen Ende schwieg. Simone wusste nicht weiter.

»Vielleicht war das Ganze ein Fehler«, sagte sie.

»Zumindest ist es ziemlich schnell gegangen«, sagte Anna.

Mit Hannes war alles in Ordnung, was Simone, wenn sie ehrlich war, ein bisschen verunsicherte. Bisher hatte sie vor allem Männer mit großen persönlichen Problemen gekannt, die spätestens jetzt, im sechsten Monat, das Weite gesucht hätten oder zumindest täglich betont, hereingelegt worden zu sein. Hannes sagte nichts dergleichen. Er sprach überhaupt wenig, lächelte viel und gähnte, weil er abends spät nach Hause kam. Er arbeitete als Dramaturg für einen Opernregisseur; noch ein Punkt, der Simone verunsicherte. Sie war in ihrem Leben noch nie in der Oper gewesen, und selbst wenn, hätte sie nicht mitreden können, weil der Regisseur ausschließlich Opern inszenierte, von denen auch Kenner noch nie was gehört hatten. Wenn Hannes dann doch mal auf seine undurchsichtige Tätigkeit zu sprechen kam, versuchte Simone, Parallelen zu ziehen.

»Der Regisseur will den Chor im Dunkeln singen lassen? Das erinnert mich an diese Teenagerpartys, auf denen das Licht ausgeknipst wird, damit sich endlich jemand traut zu tanzen.«

Hannes nickte.

»Oder Nachtwanderungen«, sagte Simone, ermutigt von seiner Zustimmung. »Es ist dunkel, und alle singen ›Country Roads‹, Conni Schmidt sogar die zweite Stimme.«

Das Kind war gezeugt worden, ohne dass Simone irgendwas von Hannes wusste, und insofern war es wohl ein großes Glück, dass alles, was sich über seinen Charakter und seine Lebensweise herausstellte, sympathisch und verträglich war. Nur dass Simone das nicht recht glauben konnte.

»Warum hast du denn nicht längst eine andere Familie?«, fragte sie, als er mit einem Schutzbrief für werdende Eltern und einem Pfund Hackfleisch für Spaghetti Bolognese nach Hause kam. »Du bist irgendwie zu gut für mich spätes Mädchen.«

Hannes lachte und fing an, Zwiebeln zu schälen. »Was ist denn, hast du ein schlechtes Gewissen? Du kannst den Salat waschen, wenn das hilft.«

Er war gut und klug und immer frisch rasiert. Nur ein bisschen still, das wohl.

»Worüber denkst du nach?«, fragte Simone, aber im selben Moment warf er das Fleisch ins heiße Fett und hörte sie deshalb nicht.

Dass das Kind im Grünen aufwachsen sollte, war seine Idee gewesen. Simone vermutete, dass er schon längst in sein Heimatdorf im Schwarzwald zurückgekehrt wäre, wenn es dort einen Opernregisseur gegeben hätte. Ihr selbst war der Umzug in die Siedlung sehr recht gewesen; ein weiterer Schritt weg von allem, was nicht mehr funktionierte und hin zu dem Leben, in dem eins zum andern passen würde. Unheimlich war nur, wie einfach es jetzt ging.

Nachdem sie den Schwangerschaftstest gemacht und von Anna Hannes' Telefonnummer bekommen hatte, traf sie ihn in der Kneipe, über der sie seit Herberts Auszug wieder alleine wohnte, und versuchte, ihm die Neuigkeit direkt und dennoch sensibel mitzuteilen. Sie kam sich vor wie in einem TV-Roman.

»Hast du dich nicht gefragt, warum ich nach fünf Wochen plötzlich doch noch anrufe?«

Hannes zuckte mit den Schultern und grinste.

»Schon gut so«, sagte er.

»Das denkst du jetzt«, sagte Simone, »aber was sagst du dazu, dass ich ein Kind erwarte?«

Er sah sie an, runzelte leicht die Brauen und grinste dann noch mehr.

»Von mir?«

Simone nickte und sah bescheiden auf die Tischplatte. Hannes lachte.

»Das ist ja wie in einem TV-Roman«, sagte er.

Er bestellte Rotwein zum Anstoßen, und dann fragte Simone, ob er mit nach oben kommen wolle.

»Ja, natürlich«, sagte Hannes.

Sie blieben die ganze Nacht in der Küche sitzen und besprachen das weitere Vorgehen. Simone vergaß, dass sie sich eigentlich nicht kannten, und auch Hannes kam nicht darauf zu sprechen. Erst als sie ins Bett wollte und Hannes immer noch da war, fiel es ihr wieder ein.

»Sind wir also jetzt ein Paar?«, fragte Simone unsicher.

»Wahrscheinlich«, sagte Hannes, »oder möchtest du nicht?«

»Ich weiß nicht. Bin ich überhaupt dein Geschmack?«

»Absolut.«

Das gehörte zum Nettesten, was je ein Mann zu Simone gesagt hatte.

Das Haus war, wenn man die Quadratmeter zusammenzählte, nicht größer als eine durchschnittliche Dreizimmerwohnung. Im oberen Stock waren die Decken niedrig und die Wände zur Hälfte schräg, dafür hielt die Tapete dort besser. Simone räumte Wiege und Wickelkommode in die winzige Kammer, die eigentlich Hannes' Arbeitszimmer hatte werden sollen; es war nicht leicht, die Möbel allein die Treppe hinauf zu wuchten, aber sie beruhigte sich mit dem Gedanken, dass das Kind im Brutkasten bereits überleben würde, sollte es jetzt kommen. Durch das schräge Fenster, das nur von einem Haken zugehalten wurde, konnte man in den Apfelbaum sehen. Es war Frühsommer, und der Baum trug kleine grüne Früchte. Nebenan hämmerte man; die Nachbarn ließen ihr

Dach neu decken. Simone fiel ein, dass sie sie eigentlich hätten warnen können; bestimmt wussten sie, warum die Vormieter ausgezogen waren und das Haus so lange leer gestanden hatte. Aber um sie zu warnen, hätten sie sie beachten müssen. Simone horchte auf das Hämmern, das man durchaus auch als eine Art der Kommunikation deuten konnte: Klopfklopf, wir sind tüchtig. Bei uns geht es ordentlich zu und voran. Wir rüsten uns für Wind und Wetter, und unser Haus gehört uns, da kann man ruhig was investieren.

Das Dach der Nachbarin gegenüber bestand aus verschieden großen Stücken Teerpappe, deren Kanten mit Fußbodenlack überstrichen waren, damit nichts durchkam. Sie hatte nur ein einziges Stockwerk, aber dafür einen Zaun, der doppelt so hoch war wie das Haus und oben mit Stacheldraht gesichert. Ein garstiger Terrier lief daran Streife. Die Nachbarin selbst war nur mittwochs und samstags zu sehen, wenn der Kaufmannsbus vorne an der Straße hielt. Dann ging sie mit zwei kleingefalteten Plastiktüten in der Faust los und kam mit den gefüllten Tüten zurück, sah stur geradeaus und beeilte sich. Es waren immer dieselben Tüten, deren Aufdruck schon ganz abgeschabt war, und sie trug auch immer denselben braunen Hosenanzug unter ihrer Schürze. Vor solchen Frauen hatte Simone sich gefürchtet, als sie beschlossen hatten, aufs Land zu ziehen, aber inzwischen fand sie die jungen Frauen, die ihre Kinder in nagelneuen Zweitwagen durch die Siedlung fuhren und Samstag nachmittags mit verschränkten Armen vor ihren Garagen standen, wesentlich unheimlicher. Die Männer dazu sah man überhaupt nur Samstag nachmittags, und sie musterten Simone nicht mal missmutig wie die Frauen, sondern ignorierten sie komplett. Dafür riefen ihr die Jungs, die vor dem Einkaufszentrum an der Bundesstraße kleine Flaschen Apfelkorn leerten, ordinäre Sprüche nach, und neulich hatten zwei etwa zehnjährige Mädchen am Gartentor gestanden und sie mit wilden Augen angestarrt.

»Du hast Sex gehabt!«, hatte die eine geschrien und auf ihren Bauch gedeutet.

Hannes bekam von alledem wenig mit.

»Ihr könntet die Nachbarn mal einladen«, schlug Anna am Telefon vor. »Fondue oder Raclette, irgendwas, das lange dauert und sie nicht verunsichert, weil sie es selbst immer machen, wenn Besuch kommt.«

»Dann sehen sie aber, dass die Tapete runterhängt«, hielt Simone dagegen.

»Umso besser«, sagte Anna, »schon gibt es was, wozu sie euch Tipps geben können.«

»Und wenn Hannes nichts sagt?«

»Bei solchen Treffen reden immer nur die Frauen«, sagte Anna.

»Was soll ich denn erzählen?«

»Was der Raclettekäse gekostet hat. Und wo ihr im Sommerurlaub hinfahrt. Ob's ein Junge oder ein Mädchen wird und dass ihr euch über beides gleichermaßen gefreut hättet.«

»Ich weiß aber doch nicht, was es wird.«

»Immer noch nicht? Na gut, dann vergiss die Einladung.«

Wenn sie ehrlich war, wollte Simone lieber einen Jungen. In regelmäßigen Abständen überfiel sie nämlich ein schlechtes Gewissen, dass sie aus purer Geltungssucht und Langeweile ein Kind in die Welt setzte. Da sollte es ihr wenigstens so unähnlich wie möglich sein.

Hannes sagte, ihm sei es egal, aber alle Männer, die Simone vor ihm gekannt hatte, hatten Mädchen gewollt.

»Du musst sonst Vorbild sein«, sagte Simone. »Jeden Tag wird er dich an die verkorkste Beziehung zu deinem eigenen Vater erinnern, und wenn du ihn verwöhnst, wird er in der Schule verdroschen.«

»Die sollen ruhig kommen«, sagte Hannes und hob warnend das Kinn.

Aber das Kind drehte sich aus dem Bild oder hielt keusch die Hände vors Geschlecht, sobald die Gynäkologin den Ultraschallkopf ansetzte.

»Es hat Charakter«, sagte Hannes zufrieden.

Abends sang er ihm Beatles-Lieder vor oder The Kinks, oder er versuchte, es durch Simones Bauchdecke hindurch zu piksen, damit es Abwechslung bekam.

»Ohne Kind wären wir gar nicht zusammen«, sagte Simone eifersüchtig.

Hannes grinste. »Es ist ein Kuppel-Kind. Machst du dir Sorgen wegen seiner Provision? Die zahl ich.«

Anfang des siebten Monats hatte die Oper, bei der der Chor im Dunkeln singen sollte, Premiere. Die Woche davor kam Hannes überhaupt nicht mehr nach Hause, sondern schlief bei seinem Regisseur auf dem Sofa. Das wäre nicht weiter schlimm gewesen, wenn nicht gleichzeitig der Blitz in den Fernseher eingeschlagen hätte.

»Kauf dir sofort einen neuen«, war Annas Kommentar, aber Simone meinte, dass das Kind sowieso fernsehfrei aufwachsen sollte. Sie saß abends bei Radiomusik auf dem Sofa, die Füße gegen die kriechende Feuchtigkeit in eine Decke gewickelt, und strickte Strampelhosen, von denen sie selbst nicht glaubte, dass das Kind sie jemals anhaben würde. Sie war jetzt wieder an der Reihe, Hort eines werdenden Lebens und bald auch Mittelpunkt desselben; sie tat das, was gesunde Frauen in ihrem Alter spätestens tun sollten und versuchte, sich daran zu erinnern, wie nutzlos und allein sie vor einem Jahr gewesen war, und dass ihr damals diese Version von sich selbst – schwanger und strickend in einem Haus auf dem Land – aufregend und erwachsen vorgekommen wäre. Das funktionierte kurz, hatte aber nichts damit zu tun, wo sie wirklich saß. Sobald sie von ihrem Strickzeug aufsah oder überlegte, in die Küche zu gehen und Tee zu kochen, erschien ihr auch ihr jetziges Dasein überflüssig und farblos. Tee, na gut. Apfelbäume, na und? Und das Kind? Sie konzentrierte sich darauf, wie es wohl aussah. Wie süß es aussehen würde.

Zur Premiere zog sie ihr einziges echtes Umstandskleid an und eine Kette, die das Ganze festlich wirken ließ. Ihre Füße passten abends nur noch in Turnschuhe, aber die Aufführung fand in einer Fabrikhalle statt, also störte das nicht.

Simone war es gewöhnt, zu Veranstaltungen zu gehen, die sie niemals besucht hätte, hätte sie nicht einen der Macher gekannt. Sie war mit diversen Künstlern liiert gewesen, und auch einige ihrer Freundinnen arbeiteten in der Öffentlichkeit. Neu war, zu jemandem zu gehören, dessen Beteiligung am Geschehen sie nicht recht durchschaute, der furchtbar nervös war, aber nicht sichtbar in Aktion. Simone wusste nicht, ob sie ihn ansprechen durfte, ob er gelobt werden wollte, ob es im Publikum jemanden gab, der spannend fand, dass das Kind in ihrem Bauch von ihm war.

Es war anstrengend stillzusitzen, weil das Kind dann sofort aufwachte und anfing zu treten. Bei der ersten Arie bekam es einen Schluckauf, und Simone musste sich ohnehin schon zusammenreißen, um nicht laut zu kichern. Der Tenor machte äußerst merkwürdige Gesten, wohl um den Sinn der Worte zu unterstreichen, die zwar deutsch, aber unverständlich waren. Sie wusste, dass auch Hannes mit der Besetzung unzufrieden war, konnte sich aber nicht erinnern, woran es gelegen hatte. Vielleicht musste das alles so sein oder geschah sogar auf seine Anregung hin. Simone blätterte unauffällig im Programmheft, dem einzigen, von dem sie sicher war, dass er es gestaltet hatte, und versuchte, einen Hinweis darauf zu bekommen, in welchem Akt sie sich befanden und wie lange es noch dauern würde. Es wurde dunkel auf der Bühne, und der Chor setzte ein. Simone bekam Gänsehaut. Scheinbar zeigte das, was Hannes als faulen Zauber bezeichnete, bei ihr spontan Wirkung. Sie schämte sich ein bisschen, aber es war eben ihr erstes Mal. Als das

Licht wieder anging, sah sie Hannes den Gang durch die Stuhlreihen entlangkommen, schnell und geduckt. Neben ihrem Platz ging er in die Hocke und fasste nach ihrem Bein. Simones Herz pochte laut; damit hatte sie nicht gerechnet.

»Hey, alles klar?«, flüsterte er.

»Alles bestens«, flüsterte Simone.

»Nur noch zwanzig Minuten, dann ist es vorbei.« Er drückte nochmal kurz ihren geschwollenen Knöchel und verschwand dann nach hinten zu den Technikern.

Simone bekam nichts mehr mit. Beim Applaus musste sie mit aller Macht die Tränen zurückhalten, und als Hannes ihr auch noch mit der Rose zuwinkte, die er überreicht bekommen hatte, stand sie schnell auf und verschwand auf dem Klo. Sie schloss hinter sich ab und atmete tief durch. Nie zuvor war ein Mann so herzlich zu ihr gewesen, noch dazu an einem Abend, wo er selbst im Mittelpunkt stand und aufgeregt war. Sie überlegte, ob in so einem Verhalten vielleicht eine Schwäche lag, peinliche Servilität, etwas, wofür andere Frauen ihn verachten und fortan ausnutzen würden, aber es war einfach nur nett und natürlich. Sie trank ein bisschen Wasser aus dem Hahn und strich sich das Kleid glatt. Wie sollte sie ihm das zurückgeben? Sie musste sich ganz schnell etwas Kluges zu seiner Arbeit einfallen lassen, von der sie doch gar nichts verstanden hatte.

Als sie wieder in die Halle kam, standen alle bereits in Knäueln vor der improvisierten Bar und stießen an. Den Regisseur und einen der Techniker kannte Simone, weil sie beim Umzug geholfen hatten. Sie setzte ein Lächeln auf, von dem sie hoffte, dass es offen und interessiert wirken würde, und stellte sich dazu.

»Jungejunge«, sagte der Techniker mit Blick auf ihren Bauch. »Hoffentlich steht der Hannes das durch. Ich bin bei der Geburt meiner Tochter ohnmächtig geworden. Nabelschnurvorfall, die war blau wie mein Hemd.«

»Ich hab's von vornherein verpasst«, sagte ein Techniker, den

Simone nicht kannte, »ich hab einen Parkplatz gesucht vorm Geburtshaus, und es hing schon halb raus, als wir vorgefahren sind.«

»Besser so als dreißig Stunden Wehen.« Ein dritter Techniker machte mit wichtiger Miene seine Bierflasche mit einer anderen auf. »Und am Schluss steckt er fest. Ich hab ihn mit diesen Händen«, er hob die Bierflaschen, »mit diesen meinen Händen hab ich ihn rausgezogen. Was für ein Gefühl.«

Simone nickte und lächelte immer noch. Hannes kam mit zwei Gläsern Sekt auf sie zu.

»Du trinkst?«, fragte der erste Techniker.

»Recht so«, sagte der dritte. »Sonst verkrampfst du dich noch mehr. Über dreißig, hat unsere Hebamme gemeint, sollte man's eigentlich ganz verbieten. Völlig verkopft, da geht dann gar nichts mehr.«

»Wie hat's dir gefallen?«, fragte Hannes.

Simone befühlte den schartigen Stiel ihres Sektglases. »Ich hab kein Wort verstanden. Muss man nicht verstehen, was sie singen?«

»Sag ich doch, verkopft«, der Techniker grinste breit. »Ich hab noch nie was verstanden, und dabei hör ich das jetzt schon zum hundertsten Mal.«

Nach vier weiteren Aufführungen und einem Gastspiel in Graz war Sommerpause, und Hannes arbeitete zu Hause. Er saß im ehemaligen Kinderzimmer oder, wenn es ihm dort zu ungemütlich wurde, auf einem Stuhl unter dem Apfelbaum; er hielt seinen Laptop auf den Knien und blinzelte nachdenklich in den Himmel. Besonders tüchtig sah er nicht aus, und Simone schämte sich vor den Nachbarn.

»Kannst du nicht wenigstens mal den Rasen mähen?«, sagte sie, denn die Nachbarn nebenan taten das alle zwei Tage.

»Haben wir denn einen Rasenmäher?«, fragte Hannes. »Ich glaube kaum.«

Er sah wieder in den Himmel. Simone nahm sein Auto und fuhr zur Vorsorge.

»Na endlich!«, sagte die Gynäkologin, drückte am Bildschirm die Pausetaste und drehte ihn zu Simone hin.

»Also – was ist es?«, fragte sie triumphierend.

Simone besah die schwarzweißen Schlieren. Sie spürte, wie ihr der Schweiß ausbrach. Jetzt, kurz vor der Enthüllung, war sie nicht mehr sicher, ob sie es wirklich wissen wollte, aber für Einspruch war es zu spät, und sie hätte auch nicht erklären können, woher der plötzliche Sinneswandel kam.

»Ich hab keine Ahnung«, sagte sie.

»Na gut«, sagte die Gynäkologin und stellte das Gerät wieder auf Direktübertragung. »Hier! Sehen Sie mal. Sehr schön.«

»Was ist es denn nun?«, fragte Simone mit krächzender Stimme.

»Ein Mädchen ist es! Eindeutig ein Mädchen.«

Als Simone nach Hause kam, sah sie Hannes am Zaun stehen und mit der Nachbarin reden. Simone parkte das Auto, holte tief Luft und stieg aus. Die Nachbarin trug enge Jeans und machte eine ruckende Kopfbewegung in Simones Richtung, so dass Hannes sich umdrehte. Simone setzte ihr bewährtes Lächeln auf und stellte sich dazu.

»Ich weiß jetzt, was es wird«, sagte sie in das missmutige Gesicht der Nachbarin hinein. »Wollen Sie und Ihr Mann vielleicht mal zum Essen kommen?«

In der Küche mixte Hannes einen alkoholfreien Cocktail mit viel Eis zum Anstoßen.

»Ein Mädchen«, murmelte er, »unfassbar.«

»Ganz sicher ist es nie«, sagte Simone. »Jedenfalls nicht bei Mädchen. Was hast du mit der Nachbarin geredet?«

»Ich wollte ihren Rasenmäher ausleihen. Jetzt fragt sie den Mann, aber versprechen kann sie nichts. Weil auch die Klingen so schnell stumpf werden.« Er lachte. »Sie hat gute Beine.«

»Wie bitte?« Simone starrte ihn an.

Hannes fasste nachdenklich an ihren Bauch. »Du hattest Recht. Ein Mädchen ist besser.«

Hannes behauptete, vor ihr nur mit acht Frauen geschlafen zu haben. Simone schien das untertrieben.

»Du musst mich nicht schonen«, sagte sie, »wir sind keine zwanzig mehr.«

In der Zeit, als in ihrem Leben alles zu Ende ging, hatte sie sich darauf eingestellt, nie wieder mit einem Mann zu schlafen.

»Sei nicht albern«, hatte Anna damals gesagt. »Zur Not nimmst du meinen Bruder oder einen Schwarzafrikaner ohne Aufenthaltsgenehmigung.«

Aber selbst solche Geschmacklosigkeiten hatten nicht gegen die Panik geholfen; geholfen hatte Hannes, der sie nach Annas Geburtstagsfeier und mehreren Flaschen Rotwein mit nach Hause nahm und ihr die champagnerfarbenen Strumpfhosen auszog. »Du machst das nicht zum ersten Mal«, sagte Simone in seinem Bett, und Hannes hatte nicht widersprochen. Später meinte er, es wäre ein Missverständnis gewesen, und mit einer Frau, von der er nicht mal den Nachnamen kannte, habe er es tatsächlich noch nie gemacht.

Jetzt, kurz vor dem großen Raclette-Essen, war Simone sich sicher, dass er die Nachbarin vögelte.

»Hör doch auf«, sagte Hannes. »Wenn das der Fall wäre, hätte sie mir ohne weiteres den Rasenmäher geliehen.«

Simone sah auf ihren Bauch, der inzwischen ziemlich im Weg war, und schüttelte den Kopf.

»So plump seid ihr nicht. Ihr seid raffiniert. Nach außen hin tut ihr so, als ob ihr euch nicht kennt, aber sobald ich euch den Rücken kehre, fallt ihr übereinander her.«

»Ich mag sie gar nicht.«

»Aber ihre Beine.«

Es war Ende des achten Monats, und Simone wurde langsam nervös. Wenn Hannes tatsächlich nichts als gute Eigenschaften besaß, war sie genetisch ganz allein verantwortlich für die Charakterschwächen des Kindes. In Erziehungsfragen war er ihr dann ohnehin überlegen; er war objektiv betrachtet einfach der bessere Umgang und würde das Kind schließlich vor ihr in Sicherheit bringen und allein großziehen. Sie durfte es vielleicht noch an den Feiertagen sehen unter Aufsicht des Jugendamtes in einem öffentlichen Spielzimmer, das nach Desinfektionsmitteln roch. Da war es doch leichter, einen kleinen Seitensprung zu tolerieren.

»Ich habe nichts dagegen«, sagte Simone, »so lange ihr es drüben macht und nicht hier bei uns.«

Hannes seufzte. »Darf ich nicht wenigstens noch zwei, drei Jahre warten?« Er füllte saure Gurken und Silberzwiebeln in kleine Schüsseln. Simone schnitt Käse.

»Auf keinen Fall«, sagte sie. »Es muss schändlich sein. In drei Jahren ist es normal und in Ordnung. Am schändlichsten ist es in der Zeit vor der Niederkunft.« Sie warf das Messer hin und sah Hannes böse an. »Außerdem brauchst du nicht abzulenken. Das ist ein billiger Trick: leugnen und die Frau als hysterisch hinstellen. Nicht mit mir, mein Lieber.«

Sie deckte den Tisch und steckte den Raclette-Grill ein. Durchs Fenster sah man die Nachbarn aus ihrem Haus kommen.

»Warum hast du sie nur eingeladen«, sagte Hannes.

»Tut mir leid«, sagte Simone. »Das war ein Versehen.«

Es war nicht so schwierig, wie Simone geglaubt hatte. Sobald die Nachbarn bei ihr in der Küche standen, sahen sie nicht mehr grimmig und desinteressiert, sondern harmlos und pflichteifrig aus.

»Helmut«, sagte der Mann mit vorgestreckter Hand und wäre um ein Haar über das Kabel des Raclette-Grills gestolpert.

»Susa«, sagte die Nachbarin und hielt ihn am Hosenbund fest.

»Grade nochmal gut gegangen«, sagte Hannes.

»Verlängerungsschnur wäre nicht schlecht«, sagte Helmut.

Und schon waren sie mittendrin.

Helmut und Susa hatten zwei Kinder, die beide per Kaiserschnitt geholt worden waren, und was das neue Dach betraf, hatten sie schon ein bisschen knobeln müssen, um das Geld dafür aufzubringen.

»Aber was sein muss, muss sein«, sagte Helmut, und dann länger nichts mehr. Er trank in ordentlichem Tempo, und Hannes hielt mit.

»Um Wein zu lagern, sind die feuchten Räume ideal«, sagte Hannes.

Susa verstand die Anspielung und behauptete, keine Ahnung gehabt zu haben.

»Dafür ist es aber charmant eingerichtet«, sagte sie und legte ihre Hand auf Simones. »Und es passt zu euch.«

Sie aßen zweieinhalb Stunden lang.

Simone, die nur Wasser und Apfelsaft trank, bemerkte immer mehr grammatikalische Unsicherheiten in den Aussagen der anderen.

»Ich mach mal Musik an«, sagte Hannes und stand auf.

Helmut starrte mit trüben Augen auf Simones Bauch, legte den Arm um Susas Stuhllehne und beugte sich vor. »Hast du eigentlich keine Angst, was da rauskommen könnte?«

»Doch«, sagte Simone.

»Ich nicht«, sagte Helmut zufrieden und ließ sich wieder zurückfallen. »Ich hab volles Vertrauen zu dir.«

»Danke«, sagte Simone.

Aus dem ehemaligen Kinderzimmer klangen einzelne Posaunentöne herüber, und Hannes kam zurück und lehnte sich in den Türrahmen.

»Ratet, wer da bläst«, sagte er.

»Nein«, sagte Susa, »du bist Musiker? Man hört dich nie üben.«

»Ein einmaliges Experiment«, sagte Hannes.

Simone sah ihn erstaunt an. Auch davon hatte sie nichts gewusst.

Helmut stand auf, wankte zu Hannes rüber und zog ihn am Hemd.

»Lass mal den Rest der Sammlung sehen« sagte er.

Susa legte schon wieder ihre Hand auf Simones.

»Da hast du wirklich ein Goldstück erwischt«, flüsterte sie vertraulich. »Das wird ein ganz, ganz lieber Papa.«

Simone nickte erschöpft.

»Lügst du oft?«, fragte Simone, als sie im Bett lagen. Sie hatte die Decke zwischen den Knien zusammengeknüllt und sah in Hannes' alkoholverschleierte Augen.

»Ich glaube nicht«, sagte er und gähnte.

»Okay, wie oft?«, fragte Simone. »Heute Abend zum Beispiel.«

»Was meinst du? Wann soll ich gelogen haben?«

»Keine Ahnung.«

Hannes gähnte wieder. »Sag, worauf du hinauswillst. Ich kann nicht mehr gut denken.«

»Irgendwas ist faul«, sagte Simone. »Und ich krieg's raus. Glaub bloß nicht, dass ich das nicht rauskriege.«

Hannes sah sie an und lächelte. Ein schönes, breites Lächeln über dem frischrasierten Kinn. Seit Simone sich ganz zu Anfang beim Küssen wundgerieben hatte, rasierte er sich auch abends, egal, wie müde er war.

»Ist doch gutgegangen«, murmelte er. Dann fielen ihm die Augen zu.

Simone starrte weiter. Seine Wimpern waren dicht und dunkel, die Ohren standen ein bisschen ab. Er schlief ohne Pyjamajacke, sodass seine Schulter im Licht der Nachttischlampe schimmerte. Er war alles, was man sich nur wünschen konnte, und sie hatte ihn sich geschnappt und wohnte mit ihm in einem Haus auf dem Land, wo nicht mal die Nachbarn noch zum Fürchten waren. Bald, laut Berechnung schon Ende August, würde das Baby kommen; es würde die gleichen Wimpern haben wie er und noch weichere Haut. Sie war die Mutter, und die nächsten zwanzig Jahre ihres Lebens würden nicht sinnlos verstreichen, sondern gegliedert werden von Terminen, die das Kind vorgab: Laufen lernen, Einschulung, erste Regelblutung, Auszug. Sie und Hannes würden währenddessen alt werden, aber das würde unbemerkt geschehen, ganz natürlich und ohne Reue. Hannes und Simone. Helmut und Susanne. Charles und Diana. Elternpaare, TV-Romane. Das, wovon sie geträumt hatte.

Der Geburtstermin war ein Mittwoch, und nichts geschah, außer dass die Nachbarin von gegenüber im Hosenanzug aus ihrem Haus trat und zum Kaufmannsbus ging. Es waren mindestens dreißig Grad, und Hannes saß im kühlen ehemaligen Kinderzimmer und summte und tippte. Simone steckte Geld ein und lief die Straße hinauf. An der Kasse im Bus packte die Nachbarin ihre Einkäufe in die Tüten. Simone sah zu, wie sie wacklig die Stufen runterstieg.

»Soll ich Ihnen beim Tragen helfen?«, fragte sie und streckte die leeren Hände aus. Die Nachbarin hob den Kopf. Simone bemerkte kleine Schweißperlen auf ihrer Oberlippe und ein altes Pflaster hinter ihrem Ohr. »Wir kennen uns nicht, aber ich wohne gegenüber«, fügte sie schnell hinzu.

»Ich weiß«, sagte die Nachbarin, musterte kurz Simones dicken Bauch und ging an ihr vorbei.

Simone sah ihr nach.

»Soll's denn was sein da draußen?«, rief die Verkäuferin aus dem Bus, und als Simone nicht antwortete, schloss sie die Tür und ließ den Motor an.

Simone blieb allein zurück. Die Luft flimmerte über dem Kreisverkehr Richtung Kindergarten und Bundesstraße; Autos würden erst später wiederkommen. Gestern hatte Anna angerufen, um ihr für die Entbindung viel Glück zu wünschen, und Hannes hatte vorsichtshalber vollgetankt und mithilfe einiger Spreizdübel einen Heizstrahler über der Wickelkommode angebracht, dreißig Grad Hochsommer hin oder her. Helmut und Susa waren mit ihren Kindern in den Urlaub gefahren, und Hannes sollte die Blumen gießen, als Ausgleich für den geliehenen Rasenmäher. Alles war geregelt, aber nichts geschah. Ein Tiefflieger machte Krach, und zwei Amseln flogen auf. Das Kind bewegte sich nicht, vielleicht weil es schon im Geburtskanal feststeckte. Ab heute würde sie täglich zur Untersuchung fahren, um die Herztöne überprüfen zu lassen; zweimal hatten sie bisher schon ausgesetzt, aber das hatte nach Angabe der Gynäkologin am Gerät gelegen. Simone schloss die Augen und versuchte, die Herztöne unverstärkt wahrzunehmen. Sie hörte ein leises Brummen ganz hinten in ihrem Kopf und spürte, wie der Schweiß sich zwischen ihren Brüsten sammelte. Ihr Bauchnabel spannte.

»Hast du Angst?«, hatte Hannes gestern Nacht gefragt, aber Simone konnte sich nicht vorstellen, dass die Geburt wirklich weh tat. Wenn sie ehrlich war, konnte sie sich allerdings auch nicht vorstellen, dass das Kind jemals rauskommen und dann sein eigenes Leben führen würde.

Sie machte die Augen wieder auf und sah Hannes, der ihr auf dem Bürgersteig entgegenkam. Er trug kurze Hosen und sah dennoch kein bisschen lächerlich aus.

»Verfolgst du mich?«, fragte Simone.

Hannes nickte. »Ich will, dass es endlich losgeht.«

Er hielt ihr ein Päckchen hin. »Von der Nachbarin«, sagte er.

Simone sah ihn erstaunt an. »Hast du mit der auch was?«

»Ja. Das soll ich dir geben.«

Simone riss das Papier auf. Rosa Söckchen und rosa Handschuhe, selbst gestrickt und mit einer Kordel zusammengebunden. Simone zögerte, dann gab sie Hannes die Sachen zurück.

»Ich hab's mir überlegt«, sagte sie mit Blick auf seine perfekten, gebräunten Hände. »Ich hab mir die Sache eingebrockt, ich löffel sie auch wieder aus. Wirklich. Du bist der letzte, den ich unglücklich sehen will. Du hast alles verdient, was du dir wünschen kannst. Ehrlich.«

Simone machte kehrt und ging Richtung Haus zurück.

»Simone?« Hannes hielt sie am Arm fest. Simone zog ihn mit sich.

»Du kannst schließlich nichts dafür«, sagte sie. »Du hast keine Ahnung gehabt, also sollst du auch nicht dein Leben lang dafür büßen müssen.«

Hannes nickte. Simone seufzte erleichtert.

»Ich ruf Anna an, ob ich zu ihr kommen kann. Oder ein Mutter-Kind-Heim. Irgendwas, das realistischer ist.«

»Jetzt gleich?«

Sie waren am Gartentor angekommen, und Simone spürte ein Ziehen über dem Steißbein und musste plötzlich dringend aufs Klo. Sie ließ Hannes stehen und lief ins Haus.

Als sie sich setzte, wurde ihr schwarz vor Augen, und das Ziehen war kein Ziehen mehr, sondern ein gemeiner Schmerz.

»Oh je«, stöhnte Simone und lehnte sich am Spülkasten an.

»Geht's jetzt los?«, rief Hannes aus der Diele.

Simone riss Papier von der Rolle, musste sich dann aber an ihren Knien festklammern, um die nächste Wehe zu überstehen.

Hannes klopfte an die Klotür. Simone holte Luft und streckte sich, um aufzusperren.

»Ich komm nicht mehr hoch«, sagte sie, »gleich tut's wieder weh.«

»Drei-Minuten-Abstand?«, fragte Hannes, aber Simone konnte nicht mehr antworten. Hannes bückte sich und zog sie hoch.

»Dann geht's jetzt also los«, sagte er zufrieden.

Nach und nach gewöhnte Simone sich an das Leben, das sie sich gewünscht hatte. Die Geburt hatte so schrecklich weh getan, dass sie sich währenddessen schwor, nie wieder mit einem Mann zu schlafen, aber dann war das Kind da und brüllte und war tatsächlich ein Mädchen. Simone war zu müde, um nicht alles anzunehmen, was Hannes ihr vorschlug, und als sie nach einem halben Jahr langsam wieder in sich selbst hätte hineinhorchen können, fiel im Kinderzimmer der Heizkörper von der Wand, durch das austretende Wasser wurden die Wände im Haus noch feuchter, die gesamte Heizungsanlage entpuppte sich als selbstgebastelter Pfusch, und Hannes lieh sich von seinem Opernregisseur fünfzehntausend Euro, um die Sache in Ordnung zu bringen, bevor das Kind erfroren war. Passend zur neuen Heizung nähte Simone bodenlange Vorhänge, und als das Kind groß genug war, um sich daran hochzuziehen, tauschte sie sie gegen praktische Schnapprollos aus. Ab und zu kamen Susa und Helmut zum Abendessen, oder Simone und Hannes gingen mit dem Babyphone nach drüben und redeten über Jazz und Fahrradhelme und genmanipuliertes Gemüse. Hannes hatte an diesen Abenden besondere Mühe, die Augen offenzuhalten, und drehte hoffnungsvoll am Lautstärkeregler des Babyphones.

Das einzige Mal, das er wirklich nach Hause gerufen wurde, fand Simone ihn später mit dem Baby im großen Bett; sie hatten einander die Gesichter zugewandt und schnauften beide durch leicht verstopfte Nasen. Simone stand in Jacke und Stiefeln in der Schlafzimmertür und betrachtete sie. Sie war zu betrunken, um sich viel dazu zu denken. Dass es schön aussah, war klar.

SCHLIMMSTENFALLS

Es ist Freitag, Viertel vor sechs.

Bauer Pohl kommt auf den Hof gefahren; nicht mit dem Traktor, mit seinem Motorroller. Bevor er ihn abstellt, gibt er für die Jungs noch einmal Gas und lacht. Sie sehen ihn an, ernst und verständnislos: Wo wir herkommen, jaulen ununterbrochen Motoren.

Wir sind zum Urlaubmachen hier, die Jungs sollen Landluft schnuppern und im Stroh spielen. In der Scheune hängt ein Seil nur für die Gastkinder; die Kinder der Pohls sind aus dem Tobealter raus.

Wenn Bauer Pohl mit seiner Frau Gundi spricht, versteht man kein Wort. Jetzt spricht er mit mir und bemüht sich um Hochdeutsch: »Die Kinder, ja, die Kinder«, sagt er. Seine würden den Hof leider nicht übernehmen.

Wie alt mag er sein? Ende fünfzig, schätzen Frank und ich, und seine Frau noch etwas jünger. Wir rätseln viel über die Gewohnheiten und Wünsche der Bauersleute. Im Gästeordner steht nur, wie die Ponys heißen und wie weit es zum nächsten Supermarkt ist.

Freitag, Viertel vor sechs.

Jetzt muss Bauer Pohl sich beeilen und die Kühe in den Stall treiben. Rasch werden sie dort gemolken. Am Tor hängt ein Schild, dass der Liter uns doch mindestens vierzig Cent wert sein sollte.

Ich schicke Lucas und Elias mit der Plastikkanne los, um Milch für Eierkuchen zu holen. Ins Müsli mögen sie sie nicht, denn sie hat Klumpen und schmeckt auch sonst ganz anders als zu Hause.

Frank späht durch die Gardine.

Seit einer Woche beobachten wir, ob die Jungen sich endlich an den Kühen vorbei in die Melkkammer trauen. Sie zucken zusammen, sobald die Kühe die Köpfe drehen. Frank hat ihnen gezeigt, dass sie angekettet sind und zudem über Schläuche mit der Melkmaschine verbunden; dennoch, die Ketten klirren und das Muhen klingt rau und gefährlich.

»Geh hin und hilf ihnen«, sage ich laut, leise denke ich, dass Frank noch viel mehr Angst hat: Angst vor Kühen, Angst vor Kindern. Angst davor, jemandem weh zu tun.

Freitag, kurz nach halb sieben.

Lucas heult wie eine Sirene. Er sitzt unterm Tisch, weil Elias ihm den letzten Eierkuchen weggegessen hat. Frank kaut und schweigt und wartet, was ich tue; ich entscheide mich, das Kind nicht weiter zu beachten.

Einmal, lang ist's her, hat Frank selbst ganz fürchterlich geschrien. Die Kinder wurden still, und Frank zitterte und schnaufte und suchte nach etwas, das er werfen oder zerreißen könnte. Ich nahm die Kinder in den Arm und sagte: »Keine Angst. Papa ist gleich wieder da.«

Draußen legt Bauer Pohl dem Hofhund die Hand ums Genick. Der Hund dreht sich im Kreis, winselt, lässt sich nieder. Bauer Pohl hat Hände, die sind so klein wie die eines Mädchens. Seine Frau Gundi ist fast zehn Zentimeter größer als er. Und doch wirken sie nicht komisch, weder als Paar, noch jeder für sich.

Freitag, Viertel nach sieben.

Die Kühe werden zurück auf die Weide getrieben. Lucas und Elias stehen am Fenster und sehen zu, wie Bauer Pohl den Stecken schwingt.

»Hihi, jetzt ist er reingetreten!«, jubeln sie, und ich hätte Lust, ihnen die Gesichter mit Dung einzureiben. Ihre Schlafanzughosen sind zu kurz und an den Knien ausgebeult. Elias trippelt auf der Stelle, weil er selbst noch nicht pinkeln war. Die Kühe trotten und trödeln. Sobald sie eins hinten draufkriegen, stolpern sie hastig nach vorn.

Frank ist mit dem Auto losgefahren, um eine Stelle zu suchen, an der man gut zum Fluss runterkommt. Die Kinder sollen morgen Staudämme und Rindenschiffchen bauen. Gundi hat geraten, lieber das Freibad zu besuchen: Dort ist das Wasser sauber, die Brennnesseln sind gejätet, und es gibt eine offizielle Badeaufsicht.

Freitag, zwanzig nach acht.

Die Kinder sind im Bett und schlafen. Frank ist immer noch nicht zurück.

Ich öffne in der Wohnküche das Fenster; das Licht draußen wird schon blau, über den Kuhfladen summt jetzt nichts mehr. Ich räume das Geschirr in die Spülmaschine und stelle sie an. Ich verzichte darauf, die Strohhalme im Flur zusammenzufegen; wäre ich Bäuerin, lägen hier mehr als zwei Fußmatten, und in Schuhen käme mir keiner ins Haus. Durchs Badezimmerfenster sehe ich, dass die Tochter der Pohls und ihr Freund auf den Hof gefahren sind. Pohls empfangen heute ihre zukünftigen Gegenschwieger; Gundi hat den Grill aufgestellt, und Frank und ich sind auch eingeladen, später, wenn wir Lust haben.

Die Gegenschwieger parken ihren Mazda direkt vor unserer Tür. Bauer Pohl stopft sich im Gehen das Hemd in seine guten Hosen. Gundi schlängelt sich mit der Salatschüssel zwischen den Autos und Motorrollern durch, und ich weiche vom Fenster zurück, damit sie nicht merkt, dass ich sie beobachte.

Wir haben kein Babyphone dabei. Und Elias ist letzte Nacht mehrfach schreiend aufgewacht.

Freitag, Viertel vor neun.

Die Eifel ist eine arme Gegend. Deshalb ist es hier so idyllisch. Ein Hof wie der von Bauer Pohl wäre anderswo schon mehrfach modernisiert und somit verschandelt worden. Hier gibt es keine Flurbereinigung, und die Landstraße trägt noch den Asphalt von neunzehnhundertsechzig.

Vielleicht hat es Frank aus der Kurve geworfen.

Einmal, vor Jahren, als Lucas frisch geboren war, ist Frank allein ins Kino gegangen. Er hat mir sicherlich vorher Bescheid gesagt, doch ich habe es wohl nicht registriert. Als es draußen dunkel wurde, bekam ich Angst. Ich rief ihn an, aber der Kinosaal war funkwellengeschützt, und ich dachte: »Er hat sein Handy ausgeschaltet.« Zwei Stunden lang konnte ich nichts als diesen einen Satz denken.

Inzwischen ist es anders; ich war schon oft mit den Kindern allein.

Gundi würde auch gerne mal richtig verreisen. Zweitausendvier sind sie zur Grünen Woche nach Berlin gefahren, und der Sohn hat in der Zeit die Kühe gemolken. »Das war auch schon alles«, hat Gundi gesagt und gelacht.

Wenn ich unser Auto höre, werde ich Frank entgegengehen. Dann sind wir schon draußen, und Gundi wird ihr Angebot ganz spontan erneuern: »Setzt euch doch!«

In der Mehrzahl wird man von ihr geduzt.

Allerdings will ich wissen, wo Frank so lang geblieben ist. Wenn ich ihn draußen treffe, kann ich ihn schlecht zur Rede stellen, und später, wenn wir wieder reingehen – ich müde, er komplett betrunken –, wird er denken, ich hätte ihm verziehen.

Bauer Pohl ist Alkoholiker, und Gundi stört sich nicht daran.

Freitag, fünf vor neun.

Elias spricht im Schlaf. Ich verstehe nichts, doch es klingt panisch. Elias war schon als Baby fürchterlich nervös und ist bei der kleinsten Gelegenheit aufgeschreckt. Wenn ich mir vorstelle, wie sich jetzt die Kuhköpfe in seine Träume schieben – so ein Kuhkopf ist doch mindestens viermal so groß wie seiner.

Allein will ich nicht zu dieser Party.

Ich liege auf der Ledercouch und blättere in einem Bildband über die Region. Auf Seite 48, dort, wo das Buch sich schon von selbst aufschlägt, sieht man den Pohlschen Hof, aufgenommen in den Siebzigern, noch ohne Carport und Gästehaus.

Ökonomisch steht der Hof inzwischen auf vier Beinen: Milchwirtschaft, Ferienvermietung, Schnapsbrennerei und Stromerzeugung. Die Milchwirtschaft bringt, gemessen an der Mühe, die sie macht, viel zu wenig ein, sagt Bauer Pohl. Aber sie erfreut die Feriengäste. Die Photovoltaikanlage auf dem Dach stört zwar die Harmonie der denkmalgeschützten Gebäude, aber sie weist in die Zukunft. Ich bewundere die Tatkraft der beiden. Wenn einer, Gundi oder Pohl, eine Idee haben, dann setzen sie sie um.

Frank wollte Elias eigentlich nicht haben. Eins sei doch genug, meinte er, und schon mehr, als wir schaffen könnten.

Wie kann es sein, dass die Kinder den Hof nicht übernehmen? Bauer Pohl ist ihnen nicht einmal böse deshalb. Ich höre ihn draußen mit den Gegenschwiegern scherzen.

Gundis Lachen und auch ihre Stimme klingen tiefer als die ihres Mannes. Seine Stimme passt zu seinen Händen, und doch wirkt er deshalb nicht feminin. Ich schließe die Augen und sehe die beiden vor mir: Gundi mit der Salatschüssel, Bauer Pohl, wie er sich beim Gehen das Hemd in die Hose schiebt. Und dann sehe ich sie um eine Stunde zurückversetzt: Gundi wäscht, Gundi schneidet, Gundi erntet den Salat – sie bückt sich übers Beet, kappt mit dem erdverschmierten, kurzen gebogenen Messer den Strunk; Bauer Pohl kommt aus dem Stall, schaut auf Gundis Beine, betritt dann nach ihr das Wohnhaus und zieht sich die Arbeitshose aus.

Ich nehme die Hand aus der Hose und sehe nach den Kindern. Elias hat sich freigestrampelt und liegt quer über der Decke; ich versuche, sie unter ihm vorzuziehen, aber er macht sich schwer und ich gebe es auf. Er kommt ohnehin jede Nacht zu uns herüber. Frank überlässt ihm dann den Platz und zieht zu Lucas. Schlafend sehen alle drei gleich aus, nur dass Frank der größte ist.

Ich weiß nicht, was ich machen soll. Zu den feiernden Pohls gehen und sagen, dass Frank tot sei?

Vielleicht ist er über die Grenze gefahren, zum Tanken. Eigentlich hatten wir besprochen, dass es sich nicht lohne, aber vielleicht hat er das ja vergessen. Oder noch mal nachgerechnet mit anderem Ergebnis. Doch es passt nicht, dass er mich nicht anruft. Seit der Sache mit dem Kino gilt: lieber einmal zu viel als zu wenig Bescheid gesagt. Ich hole mein Handy und setze mich ins Bad, auf den geschlossenen Deckel der Toilette. Hier ist der Empfang mit Abstand am besten.

Durchs Fenster sehe ich die Pohls mit ihren Gästen. Die Trierer, die heute Nachmittag erst gekommen sind, haben sich jetzt schon dazugesellt. Sie sind, vermute ich, schon öfter hiergewesen und sprechen fast den gleichen Dialekt. Die Frau hat das Kind auf dem Schoß, ihn erkenne ich nicht, er sitzt zu weit links und unterhält sich mit jemandem am Grill.

Ich weiß, dass das Handy jetzt sicher gleich klingelt. »Sorry«, wird Frank sagen, »ich hab es schon mehrfach probiert. Ich bin dann eben doch noch schnell nach Luxemburg gefahren.«

Ich starre auf mein Display. Es ist bereits viertel nach neun.

Paris ist nur vier Stunden entfernt, hat Gundi gesagt, und doch war sie nie in ihrem Leben dort.

»Was willst du in Paris«, antwortete Bauer Pohl, »dann doch lieber Brüssel, für den Milchpreis demonstrieren.« Gelacht hat er, mit seiner hohen Stimme. »Kühe sind wie Kinder. Die lässt man nicht im Stich.«

Bauer Pohl würde Gundi niemals allein lassen. Er liebt sie, er braucht sie, er kann ohne sie nicht leben. Frank fährt jedes Jahr eine Woche alleine nach Amrum. Das brauche er, sagt er, um mal in Ruhe aufs Meer zu sehen.

Es scharrt an der Tür. Das ist die Katze, die darf man nicht hereinlassen.

Freitag, fünf vor halb zehn.

Ich weiß nicht mehr, wie weiter. Ich bin hier angekettet. Das einzige, was ich tun kann, ist, Bauer Pohl zu fragen, ob er mir seinen Traktor oder Motorroller leiht. Doch in welche Richtung soll ich fahren? Und wer passt derweil auf die Kinder auf?

Vor den Bauersleuten haben sie fast so viel Angst wie vor den Tieren. Zu Anfang hat Gundi noch versucht, sie mit Gummibärchen zu locken, mit Kühen von Katjes.

»Nein«, hat Lucas gesagt, »Süßes dürfen wir nicht nehmen.«

Ich hör sie draußen lachen, Pohl und Gundi und den Rest.

Das Beste ist, ich setze mich dazu. Wenn ich das Badezimmerfenster aufmache, höre ich die Kinder. Elias wird nicht sterben, nur weil ich einmal durch die Haustür muss, um zu ihm ans Bett zu gelangen. Und wenn Frank von seiner Tour, seiner Freundin aus Paris zurückkehrt, wird er mich dort sitzen sehen und wissen, wie entspannt, ausgeglichen und glücklich ich doch bin.

Freitag, drei vor halb zehn.

Ich trete hinaus. Erst sehe ich ihn nicht, weil der Trierer ihn verdeckt. Bauer Pohl schenkt Schnaps in sieben kleine Gläschen.

»Nächste Runde Mirabelle!«, ruft er und teilt die Gläser aus. Doch dann erkenne ich ihn. Er hat ein Steak vor sich auf dem Teller; ich stehe stumm und begreife nur langsam.

»Hey«, sagt er freundlich, »da bist du ja doch noch.«

Gundi klappt einen Stuhl für mich auf, Bauer Pohl reicht mir ein Glas.

»Danke«, sage ich, »aber einer darf nichts trinken.«

»Wohin soll's denn heute noch gehen?«, fragt Gundi, und die Runde lacht.

Freitag, zwanzig vor zwölf.

Gleich kommt Elias, deshalb gehe ich lieber nach drinnen. Ich wasche mich im Dunkeln, damit man meinen Schatten nicht sieht auf dem Hof.

Einmal, lang ist's her, habe ich selbst getrunken, einfach weiter getrunken und keine Angst mehr gehabt. Mir fiel nichts ein, was schlimmstenfalls passieren könnte, ich wusste nicht mal mehr, wieviel Uhr es schon ist. Am nächsten Morgen kam die Rechnung: die Kinder, um Viertel vor sechs.

UNBESTÄNDIG UND KALT

Mit dem Wetter ist es wie mit dem Liebesleben. Schönes Wetter ist schön. Aber wenn es zwei Wochen hintereinander jeden Tag schön ist, wirst du zwangsläufig nervös. Da kann doch was nicht stimmen, denkst du. Auch: Es muss mal wieder regnen, was sagen sonst die Blumen. Oder: Wenn es jetzt so lange schön ist, ist es danach genauso lange schlecht. Am liebsten wären dir drei Tage schönes, einen Tag schlechtes Wetter. Und das schlechte unter der Garantie, dass es am nächsten Tag wieder schön wird.

Etwas scheint hervorkriechen zu wollen, und Saskia stemmt die Füße gegen den Fußboden, um es aufzuhalten. Das ist ein Fehler, jetzt kriecht es durch ihre Fersen in sie hinein und die Beine hoch bis zur Wirbelsäule; »Dankeschön, dass du mir hochhilfst«, feixt es, dieses ekelhafte Gefühl, und dann krallt es sich von innen gegen ihren Hals, und sie fängt an zu weinen.

Drüben auf dem Bett atmet jemand hörbar aus.

Draußen fällt der Schnee, der nachts noch sacht und glitzernd vom Himmel gerieselt ist, in nassen Klumpen von den Bäumen.

Es taut.

Die Frühstückszeit ist vorbei, weil Saskia unzufrieden aufgewacht ist und streiten musste. Jetzt sitzt sie hier und weiß nicht weiter. Sie hatte sich fest vorgenommen, eine Woche lang nicht zu weinen. Sie war entschlossen gewesen, sich nicht verletzen zu lassen. Hatte Trockenübungen gemacht, indem sie in Gedanken alles durchspielte, was ihr mit ihm widerfahren konnte; »Einfach aufstehen und Frühstück machen«, lautet eine der Verhaltensregeln, die sie sich selbst gesetzt hat, um durchzuhalten, aber wie so oft ist der Ernstfall überraschend gekommen, sie hat nicht mehr daran gedacht, und jetzt heult sie.

Es ist auch nicht leicht, unverwundbar zu sein, während man mit nacktem Po auf dem kratzigen Bezug eines Schreibtischstuhls sitzt. Der Schreibtischstuhl ist selbst verwundet, ein fransiger Riss, aus dem die Schaumstofffüllung quillt, befindet sich direkt zwischen Saskias Schenkeln. Drüben am Bett raschelt die Decke, wahrscheinlich steht er jetzt auf. Hat von der Anspannung noch mehr Hunger bekommen.

Das drüben am Bett ist Werner. Werner ist in Ordnung. Es gibt nur ein kleines Problem: Er will sich nicht anschreien lassen. Schon gar nicht direkt nach dem Aufwachen.

Saskia und Werner. Ein Lied könnte man daraus nicht machen.

»Mach deine Arbeit«, hat er zu ihr gesagt, ein Dutzend Mal schon, heute wieder, und damit hat er Recht.

Trotzdem sind die Sympathien klar verteilt; wir sind auf Saskias Seite. Hier beim Riss, zwischen ihren Schenkeln. Es sind weiche Schenkel, solche, in die man gern seine Nase bohren würde, wenn das nicht wenigen Menschen in ausgesuchten Situationen vorbehalten wäre. Niemand weiß, warum Saskia ausgerechnet Werner dieses Vergnügen gönnt, wo er sie doch am liebsten bei der Arbeit sieht. Nicht, dass er unrecht hätte. Werner ist in Ordnung. Trotzdem schmerzt es uns, hier, zwischen ihren Schenkeln, dass es ausgerechnet sein Mund ist, der sie berühren darf. Derselbe Mund, aus dem so hässliche Sätze kommen wie der mit der Arbeit. Draußen gluckert es in den Gullis.

Mit dem Wetter ist es wie mit dem Weinen. Wenn zu viel Druck in der Luft ist, donnert's und regnet's. Danach ist alles frisch, die Sonne kommt vor, und es dampft ein bisschen. Oder aber es regnet sich ein, die Wolken bleiben hängen, und in höheren Lagen geht dann alles als Schnee runter. So lange, bis einer die Schaufel nimmt.

Saskia hält im Weinen inne und lauscht. Werner ist gegangen. Sie verbietet sich, hinterher zu laufen, bekommt deshalb keine Luft und haut mit dem Knie von unten gegen die Schreibtischplatte, damit es wenigstens in echt weh tut. Nichts ist gut, wenn er da ist, aber dass er weg ist, ist erst recht nicht zum Aushalten. Sie heult wieder, lauter, so laut, bis sie sich selbst hören und hysterisch finden kann. Dann weint sie leise weiter, darüber, dass sie überhaupt so außer sich gerät.

Weil sie weint, sind wir auf Saskias Seite. Werner weint nie. Werner trägt passendes Schuhwerk und geht auf direktem Weg zu seinem Atelier. Er ist so weit gefestigt, dass er in der Bäckerei noch einen Kaffee im Stehen trinken kann. Vor der Scheibe gehen Leute vorbei, die ebenfalls auf direktem Weg zur Arbeit sind. Oder die bereits auf Arbeit sind und Arbeitsgänge erledigen. Das ewige Gejammer, denkt Werner und winkt mit der Hand wie ein Zollbeamter, weiter! Weiter! Er wirft den Löffel in die Tasse, dass es klirrt. Alles ist voller Schriftzüge. Alles ist voller Menschen, die auf dem Weg zur Arbeit sind und sich vorher gewaschen haben, weil es nötig war. Er ist einer von ihnen.

»Weißt du, was du falsch machst?«, sagt er zum Beispiel, und Saskia nickt innerlich, reißt den Kopf hoch und runter: Ja, ja, sicher, ich weiß schon, sag's mir nicht, du musst mir nichts sagen, ich weiß. Von außen gesehen zieht sie fragend die Augenbrauen hoch.

»Du zerstörst jedes Geheimnis, das du hast. Der Mann begehrt das Geheimnis der Frau. Das musst du ihm lassen. Sonst begehrt er eine, die er nicht kennt und die deshalb geheimnisvoll ist.«

Das Wetter ist ein Geheimnis. Jeden Tag werden zahllose Wetterballons in die Luft gelassen, aber die Informationen richtig zu deuten, ist praktisch unmöglich.

Werners Atelier ist nicht weit entfernt, aufgeräumt und hell. Drinnen riecht es nach Linoleum, Werner ist Grafiker. Er macht Schriftzüge, die die Leute verwirren sollen. Oder provozieren. In jedem Fall aber bewegen. »Ich werde nicht eher ruhn« steht zum Beispiel in hellblauer Schrift an der Stirnseite des Raumes. Der Rest ist noch nicht fertig. Seine Sprüche sind ziemlich bekannt, zumindest unter Kennern. Er stellt in ganz Europa aus. Die Nachfrage ist größer als das Angebot, deshalb kann Werner guten Gewissens weiterproduzieren.

»Stell dir vor, dass zwischen uns ein Seil gespannt ist«, sagt er zum Beispiel, und Saskia denkt an Feuerwehrfeste und Jugendfreizeiten und nickt. Lieber loslassen, bevor das Seil einem die Handflächen aufscheuert, denkt sie, und: Es sind schon Kinder umgekommen, weil das Seil gerissen ist.

»Wenn du auf deiner Seite nicht ziehst, sondern ständig zu mir gelaufen kommst, ist doch klar, dass das Seil zwischen uns schlaff herunterhängt.«

Werner setzt sich an seinen Rechner und öffnet die Pläne zur Vollendung der hellblauen Schrift. Ein akustisches Signal ertönt. Von draußen ist nichts mehr zu hören.

Inzwischen beruhigt sich Saskia wieder. Sie richtet sich an einem albernen Gedanken auf, wie etwa dem, dass er seine Campingsachen noch bei ihr auf dem Speicher hat und deshalb irgendwann zurückkommen muss. Sie wäscht sich das Gesicht mit kaltem Wasser und zieht hübsche Unterwäsche an für den Fall, dass er seine Campingsachen schon heute Nachmittag braucht. Sie trinkt keinen Kaffee, sondern geht auf direktem Weg in ihr Atelier.

Es ist dämmrig da drinnen. Der Arbeitstisch ist eine Pressspanplatte auf emaillierten Stahlfüßen. An der Wand hängt ein Bild, und Reste von Klebeband beweisen, dass dort mal mehrere hingen. Auf dem Tisch liegen große Bogen farbigen Kartons, die sie in kleine Quadrate zerschneidet. Die Quadrate legt sie zu Bildern zusammen, dann klebt sie sie fest. »Kontrast«, hat mal jemand geschrieben, »klare Abstinenz von osmotischer Beliebigkeit.«

Heute quillt der Klebstoff unter den Pappkanten hervor, und sie fasst rein und verschmiert alles, was schon fertig war. Sie seufzt. Greift nach der Klebstoffflasche und zieht Schlieren übers Papier, lässt Quadrate hineinsegeln, patscht sie mit der flachen Hand fest. Sie entwickelt eine neue Technik. »Klare Abstinenz von Präzision. Totale Verklumpung.«

Mit dem Wetter ist es wie mit der Kunst. Ein undeutbares Kommen und Gehen. Herren in Anzügen, die mit dem Zeigestab oder Laserlämpchen dastehen und warten, dass der Kameramann ihnen ein Zeichen gibt: »Hier ballt sich was zusammen.« Du hast keine Ahnung, ob es sich um ein Satellitenbild oder eine schematische Darstellung handelt. Und letzten Endes ist beides dasselbe.

Saskia schneidet seit zwei Jahren. Seit sie ihr Studium abgeschlossen hat, klebt sie Quadrate. Die Quadrate waren ihr Künstlerdiplom. »Erstaunlich«, hat ihr Professor gesagt, »erstaunlich konträr.« Sie hat das schon damals nicht verstanden. Die Quadrate waren eine Notlösung gewesen, ein besseres Puzzle, ein Bluff. Sie war eine Betrügerin.

Aber dann hatte es diese Einladung gegeben und das Stiftungsgeld, einen Aufenthalt auf dem Land sowie die Vierhunderter-Auflage eines bunten Katalogs, und es wäre töricht gewesen, noch irgendwas zuzugeben. »Sehr schön«, hat ihr Professor gesagt, über den Katalog gebeugt. Und außerdem hat sie nichts anderes gelernt.

Man sollte meinen, dass es zumindest gegen Mittag etwas aufklaren würde.

Vielleicht merkt Werner nicht, wie die Zeit vergeht. Vielleicht ist Werner einer dieser Männer, die ganz in ihrer Arbeit aufgehen. Er hat Hunger; er holt sich ein Putensandwich vom Metzger gegenüber. Er wischt sich die Hände an der Serviette ab. Er legt Musik auf, um sich zu besinnen. Er malt weiter.

Das ekelhafte Gefühl kommt zurück. Wenn Saskia nur ganz kurz die Augen schließt, schwillt es dahinter an und will in Tränen aufgelöst werden. Sie öffnet den Mund und versucht, stoßweise auszuatmen. Zwei Stunden sitzt sie jetzt schon im Atelier, aber es geht immer noch rund: Was er gesagt hat, was sie gesagt hat. Was er nicht gesagt hat, was er stattdessen gesagt hat. Warum, wie lange noch. Was wohl heute Nacht passiert. Was heute Nachmittag passiert. Wie sie jemals wieder arbeiten soll, wenn er nicht wiederkommt.

Es gelingt ihr nicht, sich zu erinnern, wie es war, als sie ihn noch nicht kannte. Da hat sie ja auch schon irgendwie gelebt. Oft haben Sachen Spaß gemacht, obwohl er nicht dabei war. Sie versucht, sich konkret zu erinnern, an einen bestimmten Tag im Park, eine Party, einen Kneipenabend, und sie sieht sich, aber sie erinnert sich nicht. Als ob sie komplett umgestellt worden wäre. Umgerüstet. Abgerichtet. Und dabei ist nicht mal garantiert, dass all das, was ohne ihn keinen Spaß macht, mit ihm Spaß machen würde. Im Gegenteil. Es ist nahezu unmöglich, mit jemandem Spaß zu haben, der selbst keinen Spaß hat. Oder der glaubhaft versichert, nur vorläufig Spaß zu haben, in Kürze jedoch nicht mehr. Oder der nur Spaß hat, wenn er merkt, der andere hat keinen.

»Du bist ein Schäfchen«, sagt Werner.

Es gibt nur zwei gemeinsame Erlebnisse, die ihm nach eigener Aussage unanfechtbar Spaß gemacht haben. Und zwar die erste gemeinsam besuchte Party, Saskias Diplomfeier an der Hochschule, auf der sie kaum mitbekommen hat, dass er da war, er sie aber beobachten und überlegen konnte, ob es lohnenswert sei, mit ihr ins Bett zu gehen. Und dann seine Finissage vor drei Monaten, auf der sie den ganzen Abend lang einen hemdsärmeligen Kunstkritiker versorgen musste, von dem er sie kurz vor Schluss mit einem nach Bier schmeckenden Zungenkuss erlöste. Ach ja, und dass es Bier gab auf einer Finissage. Das hat ihm auch gefallen.

»Es kommt nicht darauf an, was mir Spaß macht«, sagt Werner. »Es kommt darauf an, was dir Spaß macht. Hör auf, dich in mir lebendig zu fühlen.«

Ganz recht. Wir sind auf Saskias Seite. Alle, auch Werner.

Es ist Mittag. Werner arbeitet, das Telefon klingelt.

Bitte nicht.

Doch.

»Ich bin's.«

Werner war gerade an dem herrlichen Punkt angekommen, wo die Spannungen des vergangenen Lebens quasi abgebaut und die des zukünftigen Lebens knapp noch nicht in Sicht sind.

»Hm«, sagt er, leicht benommen.

»Ich wollte mal fragen, was du machst.«

»Arbeiten.«

»Gut«, sagt sie.

Und das war's. Er fragt nicht zurück, aber er hat auch nicht angerufen.

Vielleicht wenn sich ursprünglich eine Idee mit den Quadraten verbunden hätte. Oder mit den Farben. Dann könnte sie jetzt, wo alles ein großer Klumpen ist, auf diese Idee zurückgreifen. Aber eine Idee hat es nie gegeben.

Saskia nimmt ihren Schirm und geht nach draußen. Drei Kreuzungen weiter sind ihre Füße nass vom dunkelbraunen Schneematsch in den Rinnsteinen. Die Hosenenden haben einiges aufgesogen. Dagegen hilft kein Schirm. Saskia setzt sich in einen Dönerladen.

»Für die Dame«, sagt der Wirt und stellt ihr ein knallgrünes Heißgetränk hin.

Werners Atelier ist nicht mehr weit. Wenn sie will, kann Saskia in zehn Minuten bei ihm sein.

»Freust du dich?«, fragt sie dann.

Werner verzieht den Mund. Schwer zu sagen, ob das ein Lächeln oder Schmerz bedeutet. Sie schwingt sich auf seinen Arbeitstisch, steckt die Hände unter die Oberschenkel und lässt die Beine baumeln.

»Es kann nicht jeden Tag Sonntag sein«, sagt Werner.

Saskia schüttelt den Kopf.

»Nimm es als Geschenk«, sagt Werner, »zwing mich nicht.«

Saskia nickt.

Sie wird nicht hingehen. Ganz bestimmt nicht.

Mit dem Wetter ist es wie mit festen Vorsätzen. Es ist unwahrscheinlich, dass es im Juni schneit. Aber etwas fliegt durch die Luft, flauschige Flocken zusammengeballter Samenhaare, die überall hängenbleiben, vom Wind über die Straße getrieben werden, die Wiesen zudecken, und du denkst, hoppla, es schneit ja doch. Was tun? Was glauben? Stellt sich am Ende alles ganz anders dar? Und schon musst du wieder flexibel sein.

Bitte nicht.

Doch.

Jetzt, wo sie sich entschlossen hat, bei Werner vorbeizuschauen, geht es Saskia gut. Sie kauft zwei karamellisierte Erdnusscracker und zwei knallgrüne Kokoskugeln aus der Auslage des Dönerladens. Tritt hinaus auf den Gehweg und muss unwillkürlich strahlen: die frische Luft, und wie die Autoreifen über die nasse Straße schmatzen. Eine Straßenbahn hält, ihre Türen öffnen sich mit einem Surren, die Leute, die aussteigen, sehen richtig nett aus. Saskia kauft zwei Stück Himbeerkuchen mit Guss in der Bäckerei an der Haltestelle.

»Guck mal, wie still und verzaubert die Himbeeren im Gelee liegen«, kann sie zu Werner sagen, während er das Papier zurückschlägt.

»Mhm«, sagt Werner dann und hat mit einem Biss das halbe Kuchenstück runter.

Zwischen Saskia und Werner gibt es keine Tabus.

»Du machst hier nicht die Regeln«, sagt Werner zum Beispiel.

»Ich sag nur, wie's mir geht«, sagt Saskia.

»Hab ich zur Kenntnis genommen«, sagt Werner.

»Aber es ist dir egal«, sagt Saskia.

Werner sieht aus, als ob er überlegen würde. Dann nickt er.

Saskia hält dem Pförtner die Kuchenpakete hin wie einen Ausweis. Er interessiert sich nicht dafür. Saskia steigt in den Aufzug. Im zerkratzten Spiegel sieht sie sich selbst. Es macht nichts, dass ihre Lidränder geschwollen sind. Exotisch sieht das aus. Sie schaut an sich hinunter. Das ist alles okay. Nichts einzuwenden. Sie ist gut für ihn.

Vielleicht wenn sie von Anfang an etwas anders gemacht hätte. Forscher gewesen wäre oder anschmiegsamer. Dummerweise hat sie sich das am Anfang aber nicht überlegt. Sie hat nicht geahnt, dass es mal so wichtig werden könnte. Vielleicht ist es aber auch gar nicht wichtig. Nur, was ist es dann? Vielleicht, dass sie sich anders hätte entwickeln müssen. Sie. Oder das Gemeinsame. Sie im Gemeinsamen.

»Du glaubst, du kannst mich verändern«, sagt Werner, »vergiss es.« Es zischt. Es zischt immer noch in Saskias Ohr. Nein, natürlich, ihn nicht. Aber sich.

Das Wetter ändert sich ständig. In manchen Regionen sogar stündlich. Winde treiben Wolken vor sich her, und den Wolken macht das nichts aus, sie ändern ihre Form, ab und zu regnet es aus ihnen heraus, ab und zu verfangen sich zwei und sehen dann aus wie eine. Du bist das Wetter. Du bist eine Wolke.

Saskia macht die paar Schritte über den Flur. Die Tür ist aus Eisen und hat eine Plastikklinke. Saskia drückt mit dem Ellbogen auf die Klinke und lehnt sich mit der Schulter gegen das Türblatt. Das muss man so machen, die Tür ist schwer. Heute gibt sie trotzdem nicht nach. Saskia stellt die Kuchenpakete auf die Treppe und fasst mit beiden Händen an. Nichts passiert.

Im Stockwerk hat sie sich nicht getäuscht, Werner hat einen seiner Schriftzüge angebracht, »Merk dir, wie es hier aussieht«; Saskia klopft mit der Faust an die Tür. Es bleibt still.

Weil wir auf Saskias Seite sind, wollen wir nur das Beste für sie. Auch gegen ihren Willen. Irgendwann wird sie das einsehen; wir werden Recht behalten: Es ist gut, dass Werner nicht da ist. Es wäre am besten, wenn Werner auf dem Weg zum Künstlerbedarf – dort befindet er sich nämlich, weil ihm das Hellblau ausgegangen ist – Sofia treffen würde, Sofia, die er in Wahrheit liebt, die aber inzwischen in New York ist oder in Amsterdam oder Dessau, weiß der Teufel. Trotz Anfang März hat sie ein gebräuntes Dekolleté und die Arme voller Künstlerbedarf oder Lebensmitteln in braunen Papiertüten wie in New York. Oder sie sitzt im Café, weil sie gefestigt genug ist, am Nachmittag allein einen Kaffee zu trinken.

Werner und Sofia. Daraus könnten dann andere ein Lied machen.

Saskia sitzt auf der Treppe und weiß nicht, wohin mit sich. Sie steckt einen Fuß durch das eiserne Ornament des Geländers und bekommt ihn nicht wieder raus. Sie riecht am Einwickelpapier der Kuchenpakete. Sie streicht über die blasige Lackierung der Wischleiste.

»Mein Gott, Schätzchen«, wird er sagen, wenn er zurückkommt, »du darfst doch hier nicht auf den kalten Stufen sitzen.« Und dann wird er ihren Fuß befreien und ihr die Haare aus dem Gesicht streichen und die Tür aufschließen, »komm schnell rein«, und drinnen seine Hände unter ihren Hosenbund zwängen und ihre kalten Pobacken umfassen, »siehst du, so kalt«, und in ihr Ohr pusten und sie streicheln und küssen und alles gut sein lassen.

Denn die Liebe ist das Wetter. Tausende von kleinen Fliegen, die von einem gewaltigen Tief nach unten gedrückt werden. Du gehst da durch, und sie verfangen sich in deinen Haaren, kleben in deinen Augenwinkeln, jucken in deinen Kleidern. So lange, bis es regnet. Dann sind sie für ein Weilchen fort.

Bitte nicht.

Doch.

Mit Saskia ist einfach nichts mehr los. Sie bemüht sich. Es ist nicht so, dass sie sich vorsätzlich blöd benimmt. Es tut ihr auch leid, dass wir uns für sie schämen müssen. Sie wäre gern stark und hätte gern das alles nicht nötig. Sie kann sich selbst nicht aushalten, aber irgendwas muss sie ja tun den lieben langen Tag. Also macht sie sich auf die Suche nach Werner. Vorher leiht sie sich beim Pförtner einen Stift und hinterlässt eine Nachricht auf den Kuchenpaketen.

Wenn es taut, kommt bald das erste Grün. Da sind schon Knospen zu sehen.

Für Saskia besteht weniger Hoffnung.

Werner sitzt im Café und guckt auf den Bierdeckel mit Sofias Telefonnummer in Sonstwo und ihrer E-Mail-Adresse. Wo sie heute Nacht schläft, weiß er auch, aber das eilt nicht. Wenn etwas richtig ist, eilt es nicht. Nur wenn es falsch ist, versucht man, schnell das Gegenteil zu beweisen. Saskia hetzt die Straße hinunter.

Es kann sein, dass er immer genau dort ist, wo sie gerade nicht hinguckt. Oder umgekehrt, dass sie genau dort hinguckt, wo er nicht ist. Oder er ist dort, wo sie hinguckt, aber zeitversetzt. Vielleicht ist er auch vollends verschwunden, wie soll Saskia das wissen?

Alles wird gut werden. Sie wird Werner finden; sie wird den Bierdeckel sehen; sie wird sehen, plötzlich und glasklar, dass aus ihr und Werner niemals ein Lied werden wird.

Wir haben keine Lust mehr auf Saskia.

»Mach deine Arbeit«, sagt Werner, und wir schließen uns dem an. Wir sind fortan bei Werner im Café.

Saskia plumpst auf den Stuhl, auf dem eben noch Sofia saß.

»Ich hab dich gesucht«, sagt sie außer Atem, »zum Glück bist du hier.«

Werner ist ganz müde und weich. Er legt seine Hand um den Bierdeckel und spürt die rundgeschnittenen Ecken. Er sieht Saskia, ihre irren Knopfaugen und das vom Wind gerötete Kinn.

»Das ist nichts mehr für dich, stimmts?«, sagt er. »Du liebes Kleines.«

»Doch!«, sagt Sakia. »Doch. Bitte!«

Sie wird es niemals einsehen.

Hinter Werners Schläfen pocht es. Da ist zu viel Druck, auch im Hals und an den Rändern der unteren Rippenbögen.

»Nein«, sagt er, »nein, nein.«

»Aber warum denn nicht?« Und wieder tropft es aus Saskias Augen; ihr Mund verzieht sich, ihre Schultern zucken.

Etwas kommt zu Werner zurück, Vater-Mutter-Kind, und er stemmt die Füße gegen den Kneipenboden, um es abzuwehren. Er will an Sofia denken, aber es riecht eklig vom Klo rüber, hinter der Schwingtür liegen aufgeweichte Papierhandtücher am Boden, und unter seinem Stuhl gibt es Pfützen und Rollsplitt. Er hat alles vergessen, worauf er sich je gefreut hat.

»Du weinst doch die ganze Zeit«, sagt er, »wie kannst du das wollen?«

»Weil halt«, schluchzt Saskia und krallt sich an der Tischkante fest.

Werner sieht Reste von Klebstoff an Saskias Fingerkuppen und hellblaue Farbe an seinen, und normalerweise würde ihm das reichen, um wieder Mut zu fassen und zum Beispiel zu sagen: »Lass uns gehen und unsere Arbeit machen«, weil das etwas ist, was er möchte. Aber er hat alles vergessen, was er möchte und auch das, was er nicht möchte. Deshalb sagt er: »Halt endlich die Fresse«, greift mit beiden Händen unter den Kneipentisch und wirft ihn um.

Wahrscheinlich kriegt Saskia die Tischkante auf den Fuß oder gegens Schienbein, jedenfalls kriegt sie blaue Flecken; Sachen gehen kaputt, Sachen rollen herum; und Werner nimmt seinen Mantel und rennt nach draußen. Jetzt heult Werner, laut und stockend, weil er es nicht gewöhnt ist, und uns wird unheimlich, weil wir es auch nicht gewöhnt sind. Es war nicht schlecht, auf Saskias Seite zu sein.

Da sitzt sie und hält sich das Schienbein, aber sie wird es niemals einsehen.

Bitte.

Nein.

Draußen gehen Leute vorbei und weichen Werner aus.

Wenn es ums Wetter geht, kann sich niemand auf seine Wahrnehmung verlassen. Du wachst zum Beispiel morgens auf und bist dir sicher, dass schlechtes Wetter ist. Der Himmel sieht mehr als grau aus. Aber dann, im Lauf des Tages, wird offensichtlich, dass es sich um Hochnebel handelt, Hochnebel, der einfach so verfliegt. Dahinter ist der Himmel strahlend blau. Und umgekehrt ist es genauso. Je rosiger morgens die Sonne aufgeht, desto schneller fängt es am Nachmittag an zu graupeln. Und dass du hier zum Baden fahren kannst, heißt nichts anderes, als dass in Mek'ele die Kinder verdursten.

RAUS

Weil sie ja auch beide Außenseiter waren. Auf verschiedene Weise, doch sie konnten einander retten. Wussten um vergangene Demütigungen, die menschliche Beschränkung, die Gnadenlosigkeit des Schicksals ... Mit Hilfe der Liebe würden sie diesem Schicksal entkommen.

Vielleicht war auch alles ein Irrtum. Eine schlechte Wahl? Doch wann genau sagt man das? Und wer sagt's zu wem?

»Das geht so nicht!«, haben wir zu Franziska gesagt, ein ums andere Mal – und dann erörtert, warum Varut sich so benimmt. Denn natürlich, er hatte es auch nicht leicht. Wäre bestimmt gerne anders, war in Rollenbildern gefangen ... Genauso wie Franziska, kein Mensch ist freiwillig beschränkt oder brutal. Sondern lediglich getrieben, verzweifelt und am Ende ...

»Lass dir nicht alles gefallen!«, haben wir zu Franziska gesagt, eine wie sie, die muss das doch nicht aushalten! Wovor hat sie denn nur solche Angst?

Dass es wahr sein könnte. Dass es ihr passierte, einer Frau, der es nicht passieren muss. Dafür sollte es eine Erklärung geben, und die würde sie finden, die würden wir gemeinsam finden, und so lange wir noch danach suchten, würde es nicht wahr sein. So lange wir noch darüber redeten. So lange wir Gründe fanden dafür.

Liebe also. Und Leidenschaft! Und Beziehung bedeutet Arbeit, kein Mensch kennt einen anderen wirklich ... Es gibt immer verschiedene Ansichten.

Außerdem liebt Franziska Varut. Und Varut liebt Franziska, kein Mensch will ohne Liebe sein. Und was ist das denn überhaupt: Liebe?

Liebe ist, wie Varuts Blick immer noch auf Franziska ruht, obwohl sie schon bezahlt hat. Und er doch bestimmt nicht auf der Suche ist, Varut, der Barmann, bei dem die Frauen anstehen. Varuts Handgriffe sitzen, er weiß, was er zu tun hat. Er ist der Barmann, da nimmt man keinen, der's nicht kann, nicht mal in einem alternativen Laden wie diesem. Varut kann's, er schenkt jetzt weiter ein und gibt aus, ohne hinzusehen, weil er Franziska im Visier hat, die schon wieder drüben an der Tanzfläche steht. Und sie merkt das, kann's aber nicht glauben. Der Barmann: sie? Oh ja, verflixt. Der guckt schon wieder. Der hat die schönsten Augen der Welt.

Liebe, das sind Varuts Augen, ist das Brennen in Varuts Blick. Franziska ist sich sicher: der oder keiner. So etwas Schönes hat sie noch nie gesehen oder wenn, dann hat es nicht ihr gegolten. Dieses Brennen im Blick wie kurz vorm Weinen, kurz vor was auch immer, verdammt, was ist das bloß? Könnte auch die Spiegelung der Lampen sein, aber nein: Es ist Liebe. Franziska liebt Varut, automatisch, zurück.

Weil ja auch alles an ihm stimmt. Er ist klug. Er ist verletzlich. Und er weiß, wie's geht, löst mit der linken Hand den Knoten seiner Schürze hinterm Rücken, während er mit der rechten noch das Spülbecken auswischt; eine halbe Drehung, und schon hat er sich von der Schürze befreit, den Lappen über den Wasserhahn gehängt. Franziska sieht auf seine Hüften. Varut holt seine Jacke, der Chef gibt ihm Geld. Varut rollt das Geld zusammen und steckt es in die hintere Hosentasche. So etwas hat Franziska bislang nur in Filmen gesehen. Kein Mann, den sie kennt, würde das Risiko eingehen, ohne Portemonnaie herumzulaufen. Franziskas Herz pocht.

Außerdem kann er reden. Varut weiß was, ist nur deshalb Barmann, weil jeder irgendeinen Job machen muss. Weil seine Gedanken zu fein sind, als dass er sie direkt in Geld umwandeln könnte, irgendwann bestimmt, genau wie Franziska, die schreibt und in einer Buchhandlung arbeitet. Eines Tages werden sie beide ihren Durchbruch erleben, Varut als Philosoph, Franziska als Dichterin. Bis dahin sind sie einander treu. Reden, bis der Morgen anbricht. Und küssen sich. Und vögeln.

Wie das dann weitergegangen ist? Nun, ganz natürlich.

Sie sind ein Paar geworden, darüber freut sich die Welt, niemand will gerne allein sein.

Wer dreißig ist, kriegt dann auch Kinder.

Franziska wusste, dass Varut schon ein Kind hat, mit dieser Frau, die ihn nicht versteht. Ihm das Kind vorenthält, als sei er ein Verbrecher, aber klar, er verdient nicht viel, hat ihr nicht das geboten, was sie meinte, unbedingt zu brauchen: Geld, Sicherheit, gesellschaftliches Ansehen. Er hätte merken müssen, dass sie anders ist als er – materialistisch, gewöhnlich, rassistisch. Nicht offen rassistisch, nein, doch im Grunde ihres Herzens schon.

Ganz anders Franziska, die Varuts Werte teilt. Die mit wenig wirtschaften kann, vorurteilsfrei ist. Künstlerin. Ein Fein- und Freigeist. Eine Seele von Mensch.

Franziska ist genau wie Varut, auf Äußerlichkeiten kommt es ihnen nicht an. Dass Franziska glaubt, weniger attraktiv zu sein als andere – Varut macht sie mit seinen Blicken schön. Dass das Gericht Varut nicht mal ein Umgangsrecht einräumt – Franziska kennt die Bigotterie der Behörden.

Sie kriegen neue Kinder zusammen.

»Weiß man doch.«

»Weiß man nicht!«

»Wenn's nach dir ginge, gäb's überhaupt keine Kinder.«

»Aber wie kann sie glauben, dass bei ihr alles anders ist?«

Weil sie anders ist. Weil sie nicht die andere ist.

Franziska versteht Varut, sie kann mit ihm reden, braucht keine Papiere oder gar gerichtlichen Beistand, sie glaubt an die Liebe, genau wie Varut auch.

Franziska und Varut bekommen Kinder, ein Mädchen, einen Jungen. Sie haben wenig Geld, doch das stört sie nicht: Sein, nicht haben, das gilt auch für Familie. Es ist schön, so viel zusammen zu sein.

Da sind keine Karrieren, die mit den Kindern kollidieren; Varut kann sich auf den Kopf stellen, er knackt das Universitätswesen nicht. Hier und da ein Lehrauftrag für siebzehn Euro fünfzig die Stunde, und dem Professor gefallen Varuts Themen, vor allem gefällt ihm Varuts Leidenschaft, die auch die Studierenden entflammt. Da ist ein echtes Wollen hinter Varuts Wissen, zu dumm, dass er nicht von Anfang an dabei war, zielstrebiger, geschickter, vielleicht auch genügsamer, also: zu Beginn. Dann hätte er jetzt ganz andere Chancen. Aber so? Ohne Doktortitel? Ohne Netzwerk?

»Um Leute wie dich ist es besonders schade«, sagt der Professor, »die kriegt man nur noch mit direkter Berufung in die passende Position. Also sieh zu, dass du berühmt wirst!«

Sehr witzig. Zum Glück lässt Varut sich von solchen Sprüchen nicht provozieren. Hat seinerseits Mitleid mit dem ideenlosen, ausgebrannten Professor in seiner korrupten, kapitalistischen Institution. Varut geht wieder kellnern, kümmert sich um die Kinder – er ist keiner, der die Carearbeit den Frauen überlässt. Er kandidiert als Elternvertreter in der Kita.

Ab und zu holt Franziska an seiner Stelle den Ärger über das System wieder hoch, dann beruhigt Varut sie. Es sei schon okay so, der Professor ein armer alter weißer Sack. Varut und kein Netzwerk?! Er kocht regelmäßig für fünfundzwanzig Gäste. Hat Freunde in und aus der ganzen Welt.

Franziska kommt kaum noch zum Schreiben. Die Bude ist voll, die Kinder haben Husten, müssen zum Sport, zur musikalischen Früherziehung. Varut kocht. Die Freunde aus aller Welt wollen bewirtet werden, die Küche saubergemacht, Varut muss gleich los. Hat sein Elternengagement auf die Landesebene ausgeweitet, Franziska jobbt weiterhin in der Buchhandlung, und sonntagabends ruft ihre Mutter an und erzählt. Auch die Freunde wollen was erzählen, alle haben vielfältige Probleme und Ideen und Ansichten, und Franziska hört ihnen zu.

»Du könntest längst an einem anderen Punkt sein«, sagt Varut. »Warum machst du nie was fertig? Warum suchst du dir keine Agentur?«

Franziska findet, dass er Recht hat. Es fehlt ihr an Durchsetzungskraft und Selbstbewusstsein, sie lässt sich zu schnell ablenken.

»Es fällt mir einfach leichter, was für andere zu tun. Die Kinder sind noch klein, die Freunde brauchen mich. Und wer weiß, ob das, was ich schreibe –«

»Da hast du's«, sagt Varut. »Du musst dir mehr herausnehmen.«

Es macht ihn wütend, wenn Franziska an sich zweifelt. Er macht ihre Eltern dafür verantwortlich, deren Angepasstheit und Ängstlichkeit, die auf Franziska abgefärbt haben, sie eingeengt haben schon als Kind. Man muss anecken dürfen und herausragen.

Varut ermutigt seine Kinder, sich niemals irgendwas gefallen zu lassen.

»Was soll das heißen, du machst das nicht?«

Franziska hat Nuri gebeten, seine Schuhe anzuziehen.

Nuri findet nicht, dass das nötig ist.

»Draußen regnet es, da kannst du doch nicht ohne Schuhe los!«

Franziska versucht, ihrer Stimme einen munteren Klang zu geben. Es kann nicht sein, dass kein Morgen mehr ohne diesen Kampf vergeht. »Bitte Nuri. Mach mal.«

Nuri weigert sich.

Nuri weigert sich auch, das zu essen, was Franziska kocht. Er weigert sich, in seinem eigenen Bett zu schlafen, seine Zähne zu putzen, seine Spielsachen aufzuräumen und an der Hand zu gehen, wenn man mit ihm die Straße überquert.

Von Varut lässt er sich manchmal überreden, Varuts Blick kann ihn hin und wieder erweichen; Franziskas Blick nie. Auch ihr Bitten nicht, erst recht nicht ihr Strengsein oder Schreien.

»Lass ihn«, sagt Varut und kniet sich nieder, um Nuri die Schuhe anzuziehen. »So. Geht doch.« Er pikst Nuri in den Bauch und küsst ihn zum Abschied.

Franziska atmet durch und reicht Ina ihren Rucksack.

Mit Ina ist es leichter, die ist älter. Und vernünftiger. Steht in Schuhen und Jacke in der Tür und beobachtet, wie Nuri sich weigert, Franziska sich abmüht, Varut dazukommt, klärt und Nuri küsst.

Den Rucksack nimmt Ina nicht, den kann Franziska tragen.

Ina lässt einen markerschütternden Schrei das Treppenhaus hinaufsteigen, genau in dem Moment, in dem sie an der Tür der Nachbarn vorbeikommt, diesen Rassisten und Kinderhassern, die sich jede Woche über Lärm und Essensgerüche beschweren.

Der Schrei hat es leicht, sich aus Inas Kehle zu lösen, er wartet da jeweils schon seit dem Aufwachen.

Franziskas Eltern passen nicht mehr gerne auf die Enkel auf.

»Die Kinder folgen nicht«, sagt Franziskas Mutter, »ich will nicht schuld sein, wenn mal was passiert.«

»Sie sind so kinderfeindlich und rassistisch wie die Nachbarn«, sagt Varut. »So wie meine Ex.«

»Hör auf«, sagt Franziska, »das stimmt nicht.«

»Und was ist dann, bitte, ihr Problem?«

Franziska antwortet nicht. Ihr Kopf dröhnt. Wie soll sie zugeben, dass sie auch nicht gerne auf die Kinder aufpasst? Genau wie ihre Eltern hat Franziska Angst, dass den Kindern was passieren könnte, zwangsläufig passieren muss. Weil sie nicht mehr zu erreichen sind und schon gar nicht zu bändigen, jedenfalls nicht von Franziska, fremde Wesen sind die Kinder, ja.

»Es sind Kinder«, sagt Varut, »wieso dürfen sie sich nicht bewegen? Und müssen ständig leise sein? Kinder sind die einzigen, die uns mal zeigen, wie verkümmert und verkrampft wir alle sind! Angepasst bis zur Selbstverleugnung. Bis zur Krebserkrankung. Bis zum Tod. Was meinst du, woher dein Vater sein Magengeschwür hat? Immer nur funktionieren. Kinder sind unsere Rettung!«

Varut will sowieso nicht, dass die Kinder noch viel Zeit mit den Großeltern verbringen. Was bei deren Erziehung rauskommt, sehe man ja an Franziska.

»Das hat er gesagt?«

»Na ja«, beruhigt Franziska uns Freundinnen, »ich versteh schon, was er meint. Mein mangelndes Selbstbewusstsein. Meine Angst zu versagen. Mein Unvermögen, mich durchzusetzen.«

»Ja, genau«, sagen wir. »Zum Beispiel gegen ihn. Sag mal: Geht's noch?«

Ja, es geht noch. Varut ist nur ehrlich. Direkt, so wie ein Kind. Er weiß, dass Franziska ihn liebt und ihrerseits weiß, dass er sie liebt. Weshalb Kritik an ihrem Charakter niemals böse gemeint ist. Er will ja nicht, dass sie so ist! Will nur verhindern, dass sie ihre eigenen Verhaltensweisen an die Kinder weitergibt. Er sagt das alles nur zu ihrem Besten.

Wir Freundinnen reden ohne Franziska weiter.

Also gut, was wissen wir schon? Vermutlich stimmt der Sex. Und wir werden uns nicht einmischen, wir sind nicht gefragt. Wir sind nicht dabei, wir sind tatsächlich immer weniger dabei, weil wir es nicht ertragen, wie die Kinder sich aufführen, wie Franziska sich abmüht und erlahmt.

Das Familienleben gleicht mehr und mehr einer Zirkusvorstellung samt Tierdressur, Drahtseilakt, Lächeln Richtung Publikum und Schminke, die die Augenringe verdeckt. Was nicht heißt, dass die Schneeleoparden nicht anmutig, die Verbiegungen der Schlangenfrau nicht sehenswert sind.

Übrigens hat niemand Franziska einen Rosengarten versprochen. Familie ist ein heikles Gebilde. Immerhin sind sie alle gesund.

Dass Varut auf Abstand zu ihren Eltern geht, versteht Franziska; sie findet ja auch, dass deren Weltbild borniert ist und sie Freiheit für die Wahl zwischen Schoko- und Vanillepudding halten. Franziska mag sie trotzdem, meint, sie könnten halt nicht anders, würden nichts anderes kennen, seien eine andere Generation. Sollte man ihnen nicht auch Toleranz entgegenbringen?

»Absolut«, bestätigt Varut. »Sie können gerne weiterhin zu uns kommen, aber wir fahren nicht mehr zu ihnen.«

Es ist eine Frage des Hausrechts.

Franziska wundert sich, weil Varut doch ausdrücklich gegen jede Form der Herrschaft ist. Und jetzt scheint ihm entscheidend, wer der Herr im Hause ist?

»Es sind deine Eltern, die Anpassung fordern«, sagt Varut. »Wer bei uns im Haus zu Gast ist, kann sein, wie er will, das ist der Unterschied.« Und: »Du merkst es nicht, Franziska. Du hältst das, was deine Eltern tun und meinen, für normal.«

Selbstverständlich hat Varut mehr Erfahrung mit verschiedenen Milieus und Kulturen. Hat sich seinerseits sehr viel weiter rausgewagt.

Damit zu argumentieren, ist allerdings heikel, Varut hasst es, auf seine scheinbar exotische Herkunft angesprochen zu werden. Er ist Deutscher, eingebürgert seit 2004. Also binationale Partnerschaft? Fehlanzeige. Kulturunterschiede? Rassistensprech. Varut lässt sich nicht zum Repräsentanten erklären, er ist Außenseiter, immer schon.

Wenn jemand kulturelle Prägung und unbewusste Verstrickung thematisiert, dann Varut bei Franziska, wo es weniger heikel ist, weil Franziska sich nicht wehrt. Franziska leuchtet ein, dass sie blinde Flecken hat und ihre Herkunft ihr Verhalten beeinflusst. Dass man Leute von außen braucht, die das sehen und einen darauf hinweisen. Deshalb schätzt sie Varut als Partner ja so.

Die Kinder werden älter. Das könnte ein Vorteil sein, weil Anpassung und Affektkontrolle auch ohne den Einfluss preußischer Großeltern im Laufe der Zeit einsetzen – da ist ja noch der Rest der Außenwelt, die schrecklichen Nachbarn, die Erzieherin mit dem Stock im Arsch, die pseudoliberalen Freundinnen, die nicht mehr zu Besuch kommen, der pöbelnde Passant, der sich nicht so anstellen soll, nur weil Nuri ihm mit dem Laufrad über die Füße gefahren ist – lauter Leute, mit denen Varut sich anlegt und die dennoch weiter seine Kinder drangsalieren.

Je älter die Kinder werden, desto mehr fällt das Aussetzen von Anpassung und Affektkontrolle aber auch auf. Wirkt weniger niedlich, siehe: Varut selbst.

»Vielleicht hat Marita wirklich Angst gekriegt.«

Marita ist die verklemmte Erzieherin, die vorgeschlagen hat, Nuri zum Ergotherapeuten zu schicken.

Varut schnaubt. Die soll lieber selbst mal 'ne Fortbildung besuchen, wo sie lernt, dass Aggression ein Bestandteil der Palette menschlicher Gefühle ist, außerdem untrennbar verknüpft mit Lebenslust und Kreativität und äußerst wichtig für die Persönlichkeitsentwicklung. Ihr fröhliches Heiteitei soll Marita doch bitte mit den verwaschenen Lara-Klara-Matilda-Mammamia-Mädchen abhalten, das hat Varut ihr gesagt, als sie meinte, Nuri sei übergriffig geworden.

»Sorry, dass du auch Jungs zu versorgen hast«, hat Varut gesagt, »sorry dafür«, und Marita rennt daraufhin zur Leitung und meint,

Varut habe eindeutige Bewegungen gemacht. Was denn für Bewegungen?

Aber logo, jetzt ist er der Sexist. Der schwarze Mann, der was gegen blonde kleine Mädchen hat und große blonde Mädchen bedrängt – was für ein Schwachsinn. Bestimmt war es bei Nuri genau dasselbe: »Der braucht nur in den Gruppenraum zu kommen und gilt schon als gefährlich.«

Was soll Varut bitteschön machen? Stets die Augen niederschlagen? Seinem Sohn ein Schild um den Hals hängen: »Völlig harmlos, trotz dunkler Haut und Penis«?

»Nein«, beschwichtigt ihn Franziska. Sie wird noch mal mit Marita reden. Die Leiterin sei ja ohnehin auf seiner Seite, kenne ihn als engagierten Elternvertreter. Und Marita sei doch vielleicht wirklich auch ein bisschen erschrocken. Gerade weil es Varut so fern läge, Gewalt auszuüben, unterschätze er manchmal seine Wirkung. Für die er natürlich nichts könne, nein, aber sie, Franziska, könne Marita schon verstehen, das seien eher Reflexe als rationale Reaktionen ...

»Ja, natürlich, mit so was kennst du dich ja aus.« Varut mustert Franziska mit unbewegter Miene. »Ich frage mich schon, auf wessen Seite du bist.«

Nuri geht nicht mehr in die Kita.

»Das geht nicht«, sagen wir Freundinnen, »was ist das denn für eine Botschaft?«

»Dieselbe wie immer«, seufzt Franziska, »alle gegen Varut, Varut gegen den Rest der Welt.«

»Er muss die Kinder da rauslassen.«

»Wie denn? Es sind seine.« Ein kurzes Zögern. Hat sie das wirklich gesagt?

Franziska will sich nicht streiten. Wo doch überall sonst schon Krieg herrscht ... Wenigstens zu Hause soll es friedlich zugehen, sollen die Kinder sich geborgen fühlen, merken, dass Verständigung möglich ist, Menschen am selben Strang ziehen.

»Aber ihr zieht doch nicht am selben Strang.«

Franziska seufzt erneut. Sie setzt auf Einsicht. Und es ist auch nicht immer gleich schlimm. Manchmal ist es sogar richtig schön, Nuri zum Beispiel ist, seit er nicht mehr in die Kita geht, sehr viel ruhiger geworden. Vielleicht ist es wirklich falsch, Kinder schon im Kleinkindalter der Uhr, dem Disziplinierungs- und Gruppendruck auszusetzen ... Zu Hause kann Nuri seinen eigenen Bedürfnissen folgen, gerät nicht mehr ständig in Konflikt. Außer wenn Ina nach Hause kommt, die ein bisschen eifersüchtig ist auf Nuris Extrawurst. Zum Ausgleich verbringt Varut mit ihr exklusive Wochenenden, wo sie alles bestimmen darf. Sie besuchen Freunde in der ganzen Welt. Franziska passt derweil auf Nuri auf.

Franziska bekommt eine Einladung zu einem Poesiefestival nach Basel. Wie die dort auf sie aufmerksam wurden, wo sie doch nur noch so selten etwas schreibt, wundert Franziska selbst. Aber schön ist das, aufregend, sie liest sich die Liste der Teilnehmenden durch. Ein ehemaliger Kommilitone aus Leipzig ist dabei, »Ach, sieh mal, Martin kommt auch.«

»Wer ist Martin?«

»Ein wirklich seltsamer Mensch. Ich mag seine Sachen.«

Varut nickt. Allerdings hat er an dem Wochenende, an dem das Festival stattfindet, schon was vor, hat eine Reise nach Köln geplant, zu einem Treffen mit Pariser Freunden.

»Ina kann Florence wiedersehen, mit der hat sie sich wunderbar verstanden.«

»Oh ja, Florence!«, sagt Ina.

»Ja, gut«, sagt Franziska, »vielleicht könnt ihr Nuri dieses Mal ja mitnehmen. Wenn Ina Florence zum Spielen hat?«

Varut sagt nichts, und Franziska geht davon aus, dass somit alles geklärt ist. Bucht ihre Reise, feilt an ihrem Beitrag, erlebt einen wahren Schaffensrausch, jetzt, wo sie auf Kollegen und Kolleginnen treffen wird.

Varut entgeht ihre gute Laune nicht.

»Aufgeregt?«

Franziska nickt.

»Endlich mal Martin.«

»Wovon redest du?«

»Ich hab ihn gegoogelt. Seltsamer Typ.«

»Ja, das stimmt. War er schon damals, mit Anfang zwanzig.«

»Irgendwie eklig.«

»Was?«

Varut zuckt mit den Schultern. »Wie machen die das da mit der Kinderbetreuung?«

Franziska versteht nicht, worüber er spricht.

»Die müssen sich doch was überlegt haben. Wenn sie Leute mit Kindern dabeihaben wollen – und nicht nur seltsame Martins.«

»Was soll das heißen? Ich dachte, du nimmst Nuri mit?«

Das hat Varut nie gesagt. Das ist vielleicht Franziskas Wunschdenken gewesen und auch das dieses sexistischen Festivals, dessen Veranstalter nicht auf die Idee kommen, dass es auch Dichter mit Kindern gibt.

»Aber klar, wenn alle sich so geschmeidig geben wie du und ihre Kinder ganz einfach verleugnen … Wegorganisieren. War da was?« Varut hebt die Hände.

Franziska starrt ihn an. »Das stimmt doch nicht. Ich hab dich doch gefragt. Wir haben darüber geredet!«

»Du hast geredet. Ich hab nichts gesagt.«

Varut ist traurig über Franziskas Prioritäten. Es sei doch schön, mit den Kindern zu verreisen. Sie könne Nuri Basel zeigen, den Rhein … Woran genau ihr Sohn sie bitte hindere? Am Kontakt mit den Kollegen? Er, Varut, habe die Kinder immer gerne mit dabei, gerade bei Veranstaltungen, die angeblich nichts für sie sind. Für wen seine Kinder nichts sind, der ist nichts für ihn, und es spräche schon Bände, wie unterschiedlich sie da empfänden. Manchmal frage er sich –

»Was?«

Varut schüttelt den Kopf. Sein Blick lässt Franziska aus, schweift durchs Zimmer, hat dieses Brennen wie kurz vorm Weinen, wie kurz vor irgendwas.

Franziska liebt ihn. Und sie liebt ihre Kinder, ja, natürlich! Was täte sie denn ohne sie?

Wir Freundinnen durchschauen Varuts Verhalten. Sind jedoch nicht mehr live mit dabei.

Wenn Franziska uns erzählt, was Varut gesagt hat, trösten wir sie, empören uns mit ihr, bestätigen auch ihre Einschätzung, dass er vermutlich gar nicht anders kann, sie nicht freiwillig manipuliert. Rufen sie dennoch zum Widerstand auf. Verstehen aber auch, dass das schwer ist. Sie liebt ihn! Sie ist unsicher. Sie ist erpressbar.

Zum Siebzigsten von Franziskas Vater soll es eine große Party geben. Im Gasthaus – also auf neutralem Gebiet. Erleichtert hat Franziska zugesagt.

»Das heißt, dass wir das Kaffeetrinken mitmachen«, sagt Varut.

»Wieso?«

»Weil der letzte Zug gegen siebzehn Uhr fährt.«

»Wir können bei Peter und Niko übernachten. Die bringen sogar ihr Au-Pair-Mädchen mit. Das kann dann, je nachdem, auch schon früher mit den Kindern heimgehen.«

»Ach ja? Die haben sich jetzt also Personal zugelegt?«

»Niko hat doch diesen Uni-Job in Bremen.«

»Wie schön für sie.«

»Was ist? Du musst sie nicht mögen.«

»Aber bei ihr übernachten.«

»Sie ist meine Schwägerin!«

»Na und?«

»Es ist der siebzigste Geburtstag meines Vaters!«

»Na und?«

»Ich will da gerne hingehen.« Franziskas Stimme schwankt.

»Ja, ich merk schon«, sagt Varut. »Du hast ja auch schon alles organisiert.«

Varut sagt nichts mehr zu dem Thema. Franziska auch nicht. Sie ist fest entschlossen: Es gibt wirklich nichts, was dagegenspricht. Sie hat Rücksicht auf Varut genommen, er muss das Haus ihrer Eltern nicht betreten. Gegen Peter und Niko hat er bisher nichts gehabt, außer, dass sie angeblich ihre Tochter dressierten und die deshalb der Liebling der Großeltern sei. Aber dieser Vorwurf ist verjährt, inzwischen ist Lilly auch schon neun. Und wenn Varut nicht mitwill, dann soll er halt zu Hause bleiben. Sie wird nicht nachgeben, sie wird ihrerseits aber auch nichts mehr zu dem Thema sagen.

»Nuri hat Husten.«

Es ist Freitagmittag.

»Ja, das stimmt«, sagt Franziska. »Ich hab ihm einen Tee gemacht.«

»Ich denke, wir sollten mit ihm zum Arzt.«

»Wegen Husten?«

»Wegen Wegfahren. Und Wochenende. Nur zum Abklären, nur zur Sicherheit.«

Franziska horcht auf. Heißt das, sie hat das Schweigeduell gewonnen?

Ja, das heißt es, denn morgen ist Winfreds Geburtstag, und Varut hat gerade was von Wegfahren gesagt. Welch ein Glück, er hat sich damit abgefunden ...

Franziska geht mit Nuri zur Kinderärztin. Sitzt ewig in deren

Wartezimmer; das kommende Wochenende und die überfüllten Notaufnahmen schrecken viele Eltern. Die Ärztin hört Nuri ab.

»Alles gut«, sagt sie. »Wohl ein leichter Infekt. Er soll viel trinken und nicht zu warm schlafen.«

»Was heißt ›wohl‹?«, fragt Varut, als Franziska ihm die Diagnose wiedergibt. »Hat sie keinen Abstrich gemacht?«

»Nein, das fand sie wohl nicht nötig.«

»Schon wieder ›wohl‹.«

»Es ist nichts Ernstes!«

»Es ist ›wohl‹ nichts Ernstes. Die Frau ist unfähig und gibt's selber zu.«

»Bisher gab's noch nie was an ihr auszusetzen, oder?«

»Nein, das stimmt. Und bestimmt hat sie Recht. Es ist nichts Ernstes. Man darf den Teufel nicht an die Wand malen.«

Franziska atmet erleichtert auf.

Als die Kinder schlafen, wickelt sie die Geschenke ein. Ina hat ein Bild gemalt, auf dem Opa Winfred mit geschlossenen Augen in seinem Garten steht und von allem träumt, was er gern hat. Es ist ein wunderschönes Bild, Franziska hat es gerahmt und stellt sich vor, wie es auf der Feier von Hand zu Hand gehen wird. Sie selbst hat Winfred einen Bademantel gekauft, weil ihre Eltern an allem sparen, was sie nicht außerhalb der Wohnung tragen. Jetzt fragt sie sich, ob das Geschenk am Ende missverstanden werden könnte – als Symbol für die sich mehrenden Krankenhaus- und Kuraufenthalte jenseits der Siebzig.

»Für noch kuscligere Stunden daheim«, schreibt sie vorsichtshalber auf die Karte.

Wir wollen das, was jetzt kommt, nicht mehr hören. Wissen sowieso schon, wie das geendet hat; alle wissen's, und Ina hat es Franziska gegenüber mit folgenden Worten zusammengefasst:

»Du hast hier nichts zu sagen.«

»Ach ja? Sondern?«

»Papa und Nuri. Vielleicht noch ich. Du nicht.«

»Sei still«, habe ich deshalb gesagt, als Franziska zwei Wochen später erklärt hat, dass ihr das Risiko dann doch zu hoch gewesen sei. Man wisse ja wirklich nicht, wann ein leichter Infekt sich zur Lungenentzündung ausweite, und dann noch die Party und die furchtbare Anspannung, die zwischen ihr und Varut zwangsläufig geherrscht hätte, wenn sie gegen seinen Willen, gegen Varuts väterlichen Instinkt mit den Kindern losgefahren wäre. Allein zu Hause habe sie die drei aber auch nicht lassen können, schließlich sei Varuts häufigster Vorwurf, dass sie falsche Prioritäten setze und ihre Herkunfts- über die Kernfamilie stelle ... Das sei in dem Fall zu sehr eins zu eins gewesen: entweder ihr Vater oder ihr Mann.

»Hör auf«, habe ich gesagt, und dann schnell: »Nein nein, ich versteh schon«, weil ich wie Franziska und alle Freundinnen finde, dass »Hör auf« und »Sei still« nichts ist, was man zu Leuten, die man lieb hat, sagt.

»Ich hoffe, du verstehst mich richtig«, sagen wir und: »Ich finde einfach, du lässt dich von ihm beherrschen« und: »Da bleibt nichts mehr von dir übrig« und: »Es tut einfach weh, da zuzuschauen.«

Und um das zu unterstreichen, fing ich an zu weinen, was nicht schwerfiel, ich musste nur an Ina und Nuri denken und wie weh es denen vermutlich erst tut, ihrer Mutter, die sie lieben, beim Verschwinden zuzusehen.

»Du musst da weg«, sagte ich. »Das ist nicht gut, so wie es ist. Für keinen.«

»Varut kann das doch nicht schon wieder erleben müssen.«

»Doch. Offensichtlich schon. Offensichtlich hat ihm einmal nicht gereicht.«

»Aber das war was völlig anderes!«

Keine von uns hat je mit Varuts Ex geredet. Warum auch, diese rassistische, habgierige Spießerin. Wir sind anders. Wir glauben an das Gute. An Entwicklung. An die Kunst. Franziska wird das hier lesen, und dann erkennen, wie unerträglich es ist, was sie erträgt!

Wir haben inzwischen keinen Kontakt mehr. Wie sollte der auch aussehen? Sie kann mir nichts mehr erzählen, seit ich »Sei still« und »Hör auf« zu ihr gesagt habe. Und sie hat aber auch nichts unternommen, denn natürlich will sie nicht schuld sein am Zerbrechen ihrer Familie, dem Scheidungstrauma ihrer Kinder und an Varuts wiederholtem Verlust.

Also müsste ich »Na gut, was soll's« sagen und einen Schleier über dieses Thema breiten, müsste ein anderes finden, aber welches soll das sein? Außer Varut und den Kindern ist da nichts mehr, sie sind Franziskas Leben. Wer das nicht mit ihr teilen kann, ist raus.

GRANDEZZA II

1. Befolge die Regeln.

Svenja auf Biggis vierzigstem Geburtstag. Obwohl Svenja Biggi nicht kennt, empfindet sie großes Mitleid.

Regel: Sie ist nicht du. Wer aber ist sie dann?

Vierzig. Um Gottes Willen.

Biggi kommt in einer hellen engen Jeans an die Tür.

»Ich bin Svenja«, sagt Svenja und gibt ihr die Hand, »herzlichen Glückwunsch.«

Chrisse drängt sich vor und nimmt Biggi in den Arm.

»Schön«, ruft er, »schön!«

Svenja starrt auf Biggis Kopf, der jetzt in Chrisses Halsbeuge liegt. Dauerwellen hat sie auch. Svenja überlegt, ob sie irgendjemanden kennt, der sich in den letzten fünf Jahren Dauerwellen hat machen lassen. Selbst Svenjas Großmutter haben sie die Schwestern im Pflegeheim abgeschnitten. Svenja schämt sich ihrer oberflächlichen Gedanken und versucht, den Blick auf etwas anderes zu richten.

Chrisse hat Svenja mit zu Biggis Geburtstagsparty aufs Land genommen. Das Land ist das, auf dem Chrisse aufgewachsen ist: schöne Hügel, Kühe. Das Haus ist Biggis Haus, zumindest die eine Hälfte. Svenja hat versäumt, im Auto nochmal nachzufragen. Vielleicht ist es Biggis Elternhaus, oder sie hat es sich gekauft, um in der Heimat zu bleiben. Vielleicht ist Biggi aber auch gar nicht von hier, sondern erst später zu Chrisses Clique gestoßen. Chrisse ist Svenjas Freund, zumindest zur Hälfte.

Regel: Er gehört dir nicht. Wem aber gehört er dann?

Die Freundinnen haben aufgehört, Svenja zu warnen.

Regel: Nach der dritten Warnung liegt die Verantwortung wieder allein bei dir selbst.

In der Küche stehen Leute um den Herd, und auf dem Herd steht ein riesiger Topf Chili con Carne. Ein Typ holt mit den Zähnen Bohnen vom Kochlöffel, keucht und schneidet Grimassen.

»Die sind immer noch nicht durch«, ruft er, dann erkennt er Chrisse und schwenkt den Kochlöffel. »Nein!«

Chrisse und der Typ umarmen sich, Biggi übernimmt den Löffel. Svenja sieht auf den graumelierten Kopf neben Chrisses Kopf und lauscht dem Schulterklopfen. Sie ist nur ein Mitbringsel. Sie kennt hier niemanden. Sie muss eine gute Figur machen, damit Chrisse es nicht bereut, sie mitgenommen zu haben.

Regel: Du bist auf dem Prüfstand. Immer und immer wieder.

»Tom – «, sagt Chrisse und löst sich. Er legt Svenja eine Hand in den Rücken, sie lehnt sich dagegen, also nimmt er sie wieder fort, » – das ist Svenja.«

Er lässt sie stehen und geht weiter ins Wohnzimmer.

»Ach so«, sagt Svenja zu Tom. »Du bist das also.«

Tom lacht, Svenja sieht auf seine Zähne. So schön wie Chrisse ist er nicht, aber ausreichend; Svenja versucht, den Gedanken zu streichen. Sie schämt sich, aber sie kann nicht anders. Was tut sie hier?

»Dass du mitgekommen bist«, sagt Tom. »Das hätte ich mich nicht getraut.«

»Stimmt«, sagt Svenja, »jetzt, wo du's sagst – «

Tom lacht nochmal.

»Du gefällst mir«, sagt er. »Na ja, klar. Der Chrisse.«

Merke: Du bist nicht nur ein Mitbringsel, du bist auch eine

Trophäe. Du bist alles Mögliche. Zum Beispiel ohne Führerschein gefangen zwischen Hügeln, die du noch nie zuvor gesehen hast.

Über Tom hat Svenja schon einiges gehört. Er ist Chrisses ältester Freund und angeblich der einzige, der halbwegs mit ihm Schritt halten kann, zumindest hier auf dem Land. Laut Chrisse hat er über tausend Frauen gehabt. Wenn er jetzt vierzig ist und mit sechzehn angefangen hat, denkt Svenja, macht das tausend durch vierundzwanzig. Svenja teilt hundert durch fünfundzwanzig und vertut sich mit dem Rest.

»Willst du was trinken?«, fragt Tom.

Svenja nickt. Auf dem Tisch liegt eine gepunktete Wachstuchdecke. Die Balken, die das Haus zusammenhalten, sind zu sehen und dunkel gebeizt. Svenja meint, die Herkunft jedes einzelnen Geschirrteils bestimmen zu können. Sie sieht Biggi, die mit ihrem ungepflegten VW-Kombi zu Ikea fährt und sich in der Selbstbedienungshalle nicht zurückhalten kann: all die Sitzkissen und Karaffen und hölzernen Besteckkästen. Svenja trinkt, ohne abzusetzen, ihr Glas aus und lässt sich sofort nachschenken. Sie kann sich nicht bei Biggi entschuldigen. Biggi würde nicht wissen, wofür.

Regel: Zwar kann niemand deine Gedanken lesen, aber du strahlst sie natürlich aus.

»Und wer bist du?«, fragt Svenja die einzige Frau in der Herdgruppe.

»Toffi«, antwortet die Frau. »Ich bin Biggis große Schwester.«

Toffi, ja. Die Frauen enden alle auf -i, das ist Svenja schon früher aufgefallen, wenn Chrisse erzählt hat. Zu Toffi speziell fällt ihr nichts ein. Sie hätte die Chance, alles über sie aus erster Hand zu erfahren, aber wenn Chrisse nichts über Toffi erzählt hat, ist sie auch nicht wichtig. Hier nicht und für Svenja schon gar nicht. Vielleicht nirgends und für niemanden. Svenja versucht, diesen Gedanken zu streichen.

»Wo kommt denn der Name her?«, fragt sie.

»Von Toffifee« sagt Toffi. »Ich bin das Toffi, Biggi ist die Fee. War ein Witz von unserem Vater.«

Am Küchentisch ist ein Stuhl frei geworden. Svenja überlegt. Wenn sie sich jetzt hinsetzt, kommt sie so schnell nicht mehr aus der Küche raus. Dann gehört sie fürs erste zu Toffi, Tom und dem Blonden im Jeanshemd, der direkt aus der Schüssel Kartoffelsalat in sich reinschaufelt. Vielleicht ist das nicht schlecht. Vielleicht sind sie eine wackere Mannschaft. Aus dem Wohnzimmer, in das Chrisse verschwunden ist, sind Musik und laute Stimmen zu hören. Es hat Svenja noch nie gutgetan, mit Chrisse in einer Mannschaft zu sein. Wenn Chrisse einen ihrer Spielzüge beobachtet, versagt Svenja regelmäßig. Sie setzt sich hin.

»Guck mal, wir haben dieselbe Uhr«, sagt sie zu dem Typ im Jeanshemd.

»Die gleiche«, antwortet der mit vollem Mund und guckt auf ihr Handgelenk, »mmhm.«

2. Nimm das Spiel an.

Biggi kommt mit dem Buch, das Svenja ihr eingepackt hat, und dem Geschenkpapier in der Hand zurück in die Küche.

»Danke«, sagt sie, und Svenja sagt: »Kennst du noch nicht?«

»Nein«, sagt Biggi. Sie legt das Buch auf einen Stapel Altpapier neben dem Geschirrschrank. Svenja weiß, dass das nicht so gemeint ist: dort liegen noch andere Geschenke.

Biggi bleibt eine Weile unschlüssig vor Svenja stehen.

»Komm doch mit rüber«, sagt sie dann.

»Danke«, sagt Svenja, »ich warte auf das Chili.«

Biggi lächelt und zuckt mit den Schultern. Svenja fragt den Typ im Jeanshemd nach seinem Namen.

»Konni«, sagt er und hat ganz blaue Augen.

Schon lange war Svenja ihrer Tanzstundenzeit nicht mehr so nah wie in diesem Moment. Schlagartig will sie Konni für sich haben, obwohl sie ihn weder kennt noch attraktiv finden würde, säße er irgendwo anders als hier in der Küche. Sie nimmt die Schultern zurück und schlägt ein Bein unter.

»Und, Konni? Was machst du so?«

Konni hört nicht auf, Kartoffelsalat zu essen. Trotzdem sieht er Svenja an. Svenja wird schwindlig. Obwohl sie noch nicht mal gekostet hat, weiß sie genau, warum Konni nicht aufhören kann zu essen; sie spürt die Essiggurken auf der Zunge und seine Gier im Hals, sobald eine Ladung runtergeschluckt ist. Anfassen will sie ihn. Und auch Kartoffelsalat essen.

»Ich hab eine Baufirma«, sagt Konni.

Am Herd dreht sich einer um und lacht.

»Baufirma, ja? Glaub dem kein Wort. Maurer isser.«

Svenja guckt nicht hoch.

»Krieg ich auch eine Gabel voll?«, fragt sie.

Konni nickt gütig und lädt ihr was auf.

Wie viele Frauen Chrisse gehabt hat, weiß niemand, oder niemand redet darüber, jedenfalls nicht mit Svenja. Tausend waren es nicht, das hat Svenja aus einem Stirnrunzeln gelesen, als sie Chrisse direkt gefragt hat.

»Hast du auch tausend Frauen gehabt?«

Pause, Chrisse runzelt die Stirn. Svenja zählt leise: Eins, zwei, drei, vier, fünf, sechs, sieben, acht – eine lange Pause, und sie ist noch nicht mal bei zehn. Chrisse winkt ab.

Zuerst hat Svenja gedacht, dass es ihr egal sei, aber dann stellte sich heraus, dass unabhängig davon, wie viele es tatsächlich waren, alle es hätten sein können: Svenjas Freundinnen, Svenjas Mutter, die Bäckereifachverkäuferin, die Referentin vom Kulturamt, die beiden Sachbearbeiterinnen in Chrisses Krankenkassenfiliale. Einfach alle hätten oder würden, und alle, das sind weit mehr als tausend.

»Eigentlich züchte ich Wüstenwarane«, sagt Konni.

»Was für Dinger?«

Der am Herd dreht sich wieder um.

»Zeig's ihr schon, los!«

Konni winkt ab.

»Was denn?«, fragt Svenja.

»Er hat einen auf dem Rücken. Wunderschön. So groß.« Der am Herd zeigt etwas an, das unmöglich auf Konnis Rücken passen kann.

»Reptilien«, sagt Konni, »wie Krokodile. Schwer zu züchten. Hochempfindlich. Aber niedlich.«

»Zeig schon!«, sagt der Typ am Herd.

»Später vielleicht.«

Svenja nickt und bekommt noch eine Gabel mit Kartoffelsalat.

»Wie heißt du?«, fragt sie den Typ am Herd.

»Das ist Hasso«, sagt Konni. »Der heißt wie sein Hund.«

»Ehrlich?«, fragt Svenja.

Hasso nickt und zieht sich einen Stuhl ran. »Nur dass ich keinen Hund habe.«

»Mich hast du«, sagt Toffi und setzt sich auf Hassos Knie.

Hasso tätschelt ihr den Oberschenkel.

»Das ist mein Ex-Mann«, sagt Toffi zu Svenja. »Wir sind immer alle trotzdem noch befreundet. Genau wie Tom und Susu. Und Biggi und Lars.«

»Wo is'n Lars?«, fragt Hasso.

»Holt Caspar vom Kino ab.«

Eine Mannschaft. Svenja erfährt einiges, wovon Chrisse ihr bisher noch nichts erzählt hat. Dass Biggis Ex-Mann Lars übergangsweise wieder hier wohnt, aber Tom auch, weil Susu es organisiert hat. Dass Caspar auch hier wohnt und deshalb – das muss sie sich selbst zusammenreimen – wohl Biggis Sohn und Lars' Ex-Sohn ist und trotzdem immer noch mit beiden befreundet.

Lars und Caspar kommen prompt zur Tür rein und geben Svenja die Hand. Svenja kann sich nicht erinnern, wann sie das letzte Mal einem Sechzehnjährigen die Hand geschüttelt hat.

»Wo is'n Biggi?«, fragt Caspar, und Svenja ist neidisch. Das rechtfertigt jede Dauerwelle, wenn man einen so großen Sohn hat und von ihm mit Spitznamen angesprochen wird. Sie will auf jeden Fall Caspar in ihrer Mannschaft haben.

»Ich bin ein Mann mit Kind«, hat Chrisse ganz zu Anfang zu Svenja gesagt, »und das ist eine Vergangenheit, gegen die du nicht ankommst. Da sind schon andere dran gescheitert.«

»Was ist das Problem?« hat Svenja gefragt. Soviel sie wusste, hatte Chrisse das Kind vor einem halben Jahr zum letzten Mal gesehen.

»Das Problem ist, dass ich eine Vergangenheit habe und du nicht.«

»Wohl, hab ich wohl!«

Seitdem ist Chrisse im Vorteil. Ein Kind mit Svenja will er nicht. Warum auch, dann läge sie ja gleichauf.

Caspar verschwindet im Wohnzimmer. Er trägt diese riesigen Hosen und scheint auch sonst unumstößlich sechzehnjährig und großartig zu sein. Svenja hofft, dass Chrisse da drin irgendetwas macht, das Caspar abschreckt. Küssen vielleicht oder boxen, je nachdem. Einen Fehler, der Caspar zurücktreibt in die Küche zu Lars und Tom. Dass sie selbst keine Rolle spielt bei seiner Entscheidung, ist Svenja klar. Es ist ein Kampf unter erwachsenen Männern um die Gunst des männlichen Nachwuchses. Bestimmt nimmt Chrisse die Herausforderung an.

»Du darfst nicht so sehr wollen«, sagt Chrisse zu Svenja, wenn sie unter seinen Augen einen Spielzug versaut. Das ist wahr, aber sie kann daran nichts ändern. Zumindest nicht in Bezug auf Chrisse.

Svenja hofft, dass Chrisse Caspar unbedingt will.

»Guter Typ, der Junge«, sagt sie probehalber zu Konni und Hasso.

Die nicken. »Caspar? Caspar ist in Ordnung.«

Svenja stellt sich vor, dass sie eine Tochter hätte. Unumstößlich sechzehnjährig und bauchfrei, mit einem ironisch-duldsamen Grinsen für Chrisse, der nur zu Besuch wäre und ihr deshalb nichts zu sagen hätte. Vielleicht will Konni ja ein Kind.

»Diese Wüstenkrokodile«, fragt sie ihn, »hast du die bei dir in der Wohnung?«

»Hat er«, sagt Hasso. »Deshalb ist es da immer schön warm.«

3. Spüre die Dynamik des Unaufhaltsamen.

»Das Chili ist fertig!« brüllt Tom.

Die Küche füllt sich, und Svenja verliert den Überblick, weil sie ihren Stuhl nicht aufgeben will.

»Soll ich dir was mitbringen?« fragt Konni.

»Ja. Ich halt dir den Stuhl frei.«

Chrisse legt ihr eine Hand in den Nacken. »Alles klar bei dir? Willst du Chili?«

Svenja spürt seinen Griff bis hinunter ins Steißbein. »Danke, ich krieg schon.«

Tausend Frauen, und Tom schöpft Chili. Hinter Chrisse meint Svenja, sich selbst zu sehen, aber sie sitzt ja hier und hält Konni den Stuhl frei.

Das passiert ihr öfter, seit sie mit Chrisse zusammen ist, dass sie sich selbst sieht. Sie geht zum Beispiel an seiner rechten Seite, mit ihrer Hand in seiner, und sieht, wie sie links von ihm ein Stück vorausläuft und wild gestikuliert. Oder sie trifft ihn durch Zufall auf der Straße und sieht sich ihm um den Hals fallen, während sie in Wirklichkeit stehenbleibt und verhalten winkt.

Chrisse wickelt sich eine von Svenjas Haarsträhnen um den Finger und streicht mit dem Knöchel über ihren Hals. »Geht's dir wirklich gut?«

»Ja.«

»Schön.« Er nimmt die Hand weg und rückt zum Herd vor.

Auch dass sie anderen Männern den Stuhl freihält. Seit sie mit Chrisse zusammen ist, hält sie ständig anderen Männern den Stuhl frei.

Das Chili ist scharf, und Konni hat ihr kein Brot mitgebracht, deshalb kippt Svenja eine Menge Rotwein hinterher. Es wird immer leichter, sich mit Konni zu unterhalten. Und Hasso ist zunehmend begeistert.

»Lass uns tanzen«, sagt er zu Svenja.

Drüben hat jemand Iggy Pop aufgelegt. Hasso wirbelt Svenja knapp an den Balken vorbei, die auch im Wohnzimmer freistehen.

»Wunderbar«, ruft er.

Svenja tritt einer Frau auf den Fuß.

»Das wollte ich nicht«, sagt sie und fasst ihr zur Entschuldigung an die Hüfte. Hasso nimmt das als Aufforderung, Svenja an die Hüfte zu fassen und zu sich ranzuziehen. Svenja legt ihm die Arme um den Hals.

»Das war eindeutig zu intim«, flüstert sie betrunken in sein Ohr.

»Wieso denn? Wir tanzen doch nur.«

»Nicht wir. Wie ich die Frau angefasst habe. Das mach ich immer, wenn ich Frauen gegenüber ein schlechtes Gewissen habe. Zu viel Küssen und Streicheln.«

Hasso nimmt dieses Bekenntnis als Aufforderung, seinerseits zu küssen und zu streicheln.

Svenja taucht weg.

Das passiert ihr öfter, seit sie mit Chrisse zusammen ist. Niemand scheint diesen Umstand ernst zu nehmen. Niemand will Svenja als vergeben betrachten. Wo ist Konni hin?

Konni hat sich nicht von der Stelle gerührt. Er isst Chili und hat inzwischen Schweiß auf der Stirn und Tränen in den Augen. Chrisse füttert Toffi mit einem Kaffeelöffel direkt aus dem Topf.

»Ist es jetzt soweit?«, fragt Svenja und geht neben Konni in die Hocke. Ihren Stuhl hat jemand weggenommen.

Konni kaut. Svenja meint, nichts besser zu kennen als die Bewegung seiner Kiefermuskeln. Es dauert, bis er runterschluckt.

»Von mir aus«, sagt er teilnahmslos.

Svenja erschrickt und ist schlagartig nüchtern. Er will nicht. Es ist ihm egal. Er kann ihr seine Tätowierung zeigen, aber er kann es genauso gut bleibenlassen. Wie gern hätte sie ihrerseits mal wieder ein solches Gefühl der Gleichgültigkeit. Des Desinteresses. Der Trägheit.

Seit sie mit Chrisse zusammen ist, will ihr das nicht mehr gelingen. Sie kann nicht stillhalten, und jede Kleinigkeit ist äußerst brisant.

Svenja wird rot und richtet sich wieder auf.

»Lass gut sein«, bringt sie heraus.

Chrisse füttert immer noch.

4. Wiederhole im Stillen das Ziel des Spiels.
Mach es zu deinem eigenen Ziel.

Svenja findet das Badezimmer und schließt von innen ab. Pinkeln ist gut, vor allem, wenn sonst nichts mehr geht. Svenja seufzt, das ist auch gut. Sie seufzt lauter. »Ahh«, macht sie, »auahh.«

Eine Menge Shampooflaschen und Cremetuben und Schmuckkästchen und Parfümproben drängeln sich auf den Ablagen und sind ebenso krampfhaft um Aufmerksamkeit bemüht wie sie selbst.

»Ist ja gut«, sagt Svenja, »nützt ja alles nichts.«

Sie nimmt eine Haartönung vom Badewannenrand und liest die

Gebrauchsanweisung. Wenn sie etwas sicher weiß, dann, dass es keinen Sinn hat, sich zu verändern. Das hier ist ein hübsches Bad. Rotes Noppen-PVC und blaue Handtücher. Sie könnte ewig drinbleiben. Es fühlt sich an wie ein Kindernachthemd, warm, bunt und muffig. Wenn jetzt noch jemand käme und ihr die Hand auf den Kopf legte ...

»Lieber Gott. Wann kommst du?«

Sie hat vergessen, wen sie damit meint. Chrisse vielleicht? Chrisse ist irgendwo im Gewühl, wie immer. Oder er geht die Straße entlang, Hände in den Taschen, große Schritte, nach außen gekehrte Fußspitzen. Er geht nicht wie jemand, der eine Hand übrig hat.

Es wummert gegen die Tür.

»Was'n los da drin?«

Svenja steht auf und zieht die Hose hoch. Gegenüber der Kloschüssel steht ein Spiegel, damit sie sich dabei zuschauen kann. Schön sieht es aus. Schimmernd. Vielleicht hat er ja doch eine Hand frei. Sie hat schon lange nicht mehr gefragt.

»Chrisse? Tanzt du mit mir?«

Chrisse nickt und schiebt sie vor sich her ins Wohnzimmer. Bauch und Brust, darüber Pullover. Svenja weiß genau, wo sie festhalten muss, als es losgeht. Chrisse summt in ihr Ohr, Chrisse dreht sich, und irgendwo dahinten gibt es wahrscheinlich einen Autoscooter und Zuckerwatte. Es ist nicht dasselbe wie eine Hand auf dem Kopf, aber wendig und aufregend und schnell vorbei.

Danach sitzt Svenja auf dem Sofa und sieht den anderen Tänzern auf die Füße. Ihr Kopf ist schwer, sie legt ihn auf der Rückenlehne ab. An der Decke laufen auch Balken entlang. Hier stürzt nichts so schnell ein. Alle sind immer noch miteinander befreundet, trotz allem, warum sollte sie die Ausnahme sein? Ganz bestimmt würde Chrisse sich an ihren Namen erinnern, wenn sie ihn jetzt danach fragte.

5. Hör auf, nach einer Auszeit zu jammern.

Chrisse hat die Schlafsäcke aus dem Auto geholt, und Svenja liegt auf Caspars schwarzem Spannbetttuch. Zu ihren Füßen leuchten die Standby-Lämpchen seiner Stereoanlage. Chrisses Schlafsack liegt leer und schlaff neben ihr und riecht nach feuchtem Nylon.

»Ich komm dann«, hat Chrisse gesagt und sie auf die Wange geküsst.

Schon lange war Svenja ihrer Grundschulzeit nicht mehr so nah. Chrisses Schlafsack ist die Klassenkameradin, die sie überredet hat, über Nacht zu bleiben, dann aber sofort eingeschlafen ist, anstatt noch zu reden oder zu kichern oder zu spielen, dass sie Waisenkinder unter Deck eines Schaufelraddampfers sind. Svenja liegt wach und hat Heimweh. Im Zimmer ist es viel zu warm und zu dunkel wegen der geschlossenen Rollläden. Sie dreht sich auf den Bauch und nimmt ihre Brüste in die Hände. Draußen passiert noch was, aber sie ist nicht mehr dabei.

So klein ist sie.

Sie könnte wieder aufstehen und nachsehen gehen.

Vielleicht hat Caspar ein Heft unter der Matratze.

Sie streckt den Po hoch.

»Fasst du mich an?«

Bestimmt nicht. Jetzt nicht. Heute nicht. Morgen vielleicht, aber nicht, wenn Svenja will.

»Du darfst nicht so sehr wollen.«

Svenja weint. Sie ist noch keine vierzig.

»Du Küken«, sagen Biggi und Toffi, ihre neuen Freundinnen, die sie noch nicht dreimal gewarnt haben, »was hast du denn erwartet?«

Svenja steht auf und wickelt sich in ihren Schlafsack.

Drüben tanzt Chrisse mit Toffi. Als er Svenja sieht, lässt er los und kommt zur Tür.

»Ja, sag mal«, sagt er und zieht besorgt die Augenbrauen zusammen, »kannst du nicht schlafen?«

Svenja schüttelt den Kopf. Er legt ihr den Arm um die Schulter und führt sie zum Sofa.

»Hier legst du dich hin und schaust noch ein bisschen zu. Wenn du eingeschlafen bist, trag ich dich rüber.«

Svenja gehorcht. Der Sofabezug kratzt unter ihrer Wange, ganz anders als die abwischbare Oberfläche des Schlafsacks. Drüben an der Wand sitzt Hasso mit einer Flasche zwischen den Füßen und macht sich die Fingernägel sauber. Chrisse küsst Toffi beim Tanzen, seine Hand gleitet unter ihren Pullover. Svenja wartet, dass ihr die Augen zufallen. Irgendwann ist es so weit.

6. Du bist freiwillig dabei.

»Warum tust du das?«, hat Svenja schon öfters gefragt. Was »das« ist, wagt sie nicht zu sagen. Wie kann Chrisse es also wissen?

»Ich tue nichts«, antwortet er dementsprechend, »ich lebe nur.«

»Da muss es doch was geben, wonach du dich richtest.«

Dann lacht er.

Und Svenja vergisst alles, wonach sie selbst sich bisher gerichtet hat. Alles: bis auf Chrisse.

Svenja wacht davon auf, dass Chrisse den Reißverschluss seines Schlafsacks öffnet. Bevor sie etwas sagen kann, ist er aufgestanden und zieht den Rollladen ein Stückchen hoch.

»Zeit fürs Frühstück«, sagt er.

Er schlüpft in seine Hosen und geht hinaus.

Svenja wartet. Sie kann sich nicht erinnern, wie sie zurück in Caspars Zimmer gekommen ist, was bedeutet, dass es nicht Chrisse gewesen sein kann, der sie gebracht hat. Svenja hat keine von Chrisses

Berührungen je vergessen. Sie sieht sich im Zimmer um. Die Raufasertapete ist nicht sauber verklebt, bestimmt haben Lars und Biggi das selbst gemacht. Jetzt sitzen sie beim Frühstück.

»Möchtest du ein Ei?«, wird Biggi fragen und dann aufstehen und eines für Svenja aufsetzen. Bestimmt trägt sie heute Morgen Hausschuhe zu ihren Jeans.

»Danke«, übt Svenja und strampelt sich den Schlafsack von den Beinen. Die Beine schimmern und sind noch warm von der Nacht. Es ist schade, sie unberührt auskühlen zu lassen.

Vielleicht fragt sie irgendwann nochmal. Heute nicht mehr. Jetzt gibt es Frühstück, danach werden sie ein bisschen beim Aufräumen helfen. Dann die Fahrt zurück, die schönen Hügel. Chrisses Stimme, mit der er zu jedem Hof eine Geschichte erzählt.

»Und dort? Was ist dort passiert?« So klingt Svenjas Stimme. Das ist alles, was sie zu sagen hat.

HEILSVERSPRECHEN

Gloria hatte gut zwei Monate vor dem echten Jesuskind Geburtstag, aber es gab andere Parallelen.

Wie beim echten Jesuskind war auch bei Gloria die Vaterschaft nicht endgültig geklärt, denn Carina hatte seit vielen Jahren keine feste Beziehung mehr gehabt, und niemand wusste, ob sie überhaupt noch mit Männern schlief. Vielleicht inzwischen doch lieber mit Frauen? Oder, nach all den Enttäuschungen, mit niemandem mehr? Es gab so viele Dinge, die mit der Zeit unwichtig geworden waren, so vieles, das den Platz von etwas anderem einnahm: Über den Zwang, jeden Tag gut auszusehen, jeden Freitag- und Samstagabend auszugehen, jeden Woody-Allen-Film gleich in der ersten Woche im Kino zu sehen, war Carina im Laufe der Jahre auch hinausgewachsen.

Wie Maria aus Nazareth besaß Carina einen treuen Gefährten, den alle, die es nicht besser wussten, für Glorias Vater halten konnten – er fuhr Carina zur Geburt ins Krankenhaus, schnitt die Nabelschnur durch und warf die Anträge für Mutterschafts- und Kindergeld in den Briefkasten. Jens hieß er und war genau wie Josef ein eher stiller Typ. Er klärte das Missverständnis der Hebammen und Krankenkassenangestellten nicht auf, im Gegenteil, es machte ihn stolz, dass er natürlich der Vater des Kindes hätte sein können, denn natürlich war an seiner Beziehung zu Carina nicht das Geringste. Er liebte sie, das schon. Aber Sex kam zwischen ihnen nicht in Frage, genauso wenig wie ein Gespräch darüber, mit wem Carina zur Zeugung des Kindes denn nun Sex gehabt hatte.

Die schönste Parallele zum echten Jesuskind aber war die, dass auch Glorias Ankunft viele Menschen sehr, sehr glücklich machte. Gloria deshalb als Messias zu bezeichnen, wäre vielleicht übertrieben, aber ihr unerwartetes Erscheinen gab manchem ins Wanken geratenen Glauben wieder Halt. Da waren zum einen all die Frauen um die vierzig, die bisher außer Popstar Madonna kein weiteres Beispiel für Erstgebärende ihres Alters gehabt hatten. Dann all die Singlefrauen, die nicht mehr daran geglaubt hatten, dass sich das Kinderkriegen auch ohne festen oder gar ganz ohne Partner bewerkstelligen ließe. Des Weiteren die Mütter und Väter aus Carinas Elterngeneration, die sich schon längst damit abgefunden hatten, nicht mal mehr heimlich auf Enkel hoffen zu dürfen. Und natürlich die gestressten Mütter kleiner Kinder, die bereits befürchtet hatten, Carina könnte freiwillig und ohne Reue auf die Freuden des Mutterseins verzichtet haben.

Besonders glücklich aber machte Glorias Geburt Carinas Mutter Traudel, bei der all diese Punkte zusammenkamen und die endlich wieder einen Sinn in ihrem Dasein, dem Dasein ihrer Tochter, dem unerbittlichen Verstreichen der Jahre, dem Durchhalten auf Durststrecken und dem Kampf für Emanzipation bei gleichzeitigem Festhalten an der Fortpflanzung sehen konnte. Traudel war verzückt, berauscht, im Freudentaumel begriffen. Sie sang und brabbelte vor sich hin, weil ihr all die Lieder, Fingerspiele und Abzählreime wieder einfielen, von denen sie geglaubt hatte, sie seien für immer vergessen. Sie stöberte auf Flohmärkten und Kirchenbazaren nach Spielzeug und Kinderbekleidung aus den Siebzigern, weil sie vor ein paar Jahren – als sie nicht mal mehr heimlich zu hoffen wagte – auch noch die letzten von Carinas alten Sachen verramscht und fortgeworfen hatte.

Ihrer Tochter gegenüber versuchte Traudel sich zurückzuhalten. Schon bei ihrer ersten Reaktion auf die frohe Botschaft hatte sie Carinas Empfindlichkeit zu spüren bekommen.

»Häng das Ganze nicht so hoch«, hatte Carina gesagt, und: »Können wir jetzt mal wieder von was anderem reden?«

Bei ihrem erstem Besuch an Carinas Wochenbett in Berlin war dann ständig dieser Jens im Weg gewesen, obwohl er, wie Traudel zu wissen glaubte, weder Carinas Freund noch ihr Mitbewohner und schon gar nicht der Vater ihres Kindes war. Aber er brachte Hühnerbrühe und Vorlagen und kalte Brustwickel und Tee und tat überhaupt alles, wofür eigentlich Traudel angereist war. Einmal nahm er ihr sogar das Baby weg mit dem Argument, es müsse jetzt dringend gewickelt werden. Als ob Traudel das nicht selbst gemerkt und vor allem selbst hätte erledigen können! Aber egal. In knapp zwei Monaten war Weihnachten, und das war das Fest der Familie, da würde Jens zu seinen eigenen Eltern fahren müssen, und Traudel würde Carina endlich angemessen umsorgen können und Gloria zeigen, was an Herrlichkeit in ihrem Leben auf sie wartete.

Die Fahrt im ICE war anstrengend.

Carina hatte vorher nicht bedacht, wie nervös all die Autofahrer waren, die zu Weihnachten ausnahmsweise den Zug nahmen, nervös und nicht daran gewöhnt, sich zu entschuldigen, wenn sie fremden Leuten ihre Ellenbogen ins Gesicht rammten. Carina schloss sich, um Glorias Unversehrtheit zu wahren, direkt nach dem Einsteigen in die Toilette ein und war froh, dass Jens sich erboten hatte mitzufahren. Allein hätte sie es niemals geschafft, den Kinderwagen über die enormen Hartschalenkoffer hinweg zu heben, die den Gang zum Kleinkindabteil versperrten, geschweige denn, mit der Mutter zu verhandeln, auf deren Reservierungsschein dieselbe Platznummer stand wie auf ihrem. Jens überzeugte die andere Mutter auf seine ruhige, hartnäckige Art, dass Carina den Platz viel nötiger hätte und wachte dann im Gang neben der Glastür, dass kein mobiler Brezelverkäufer den Mittagsschlaf des Kindes störte.

Carina sah aus dem Fenster. In den vergangenen Jahren hatte sie darauf verzichtet, bei ihren Eltern zu Hause Weihnachten zu feiern, und die Gründe dafür waren gut gewesen. Doch dieses Jahr hatte sie es nicht übers Herz gebracht, Traudels Einladung auszuschlagen. Die Ausgangslage hatte sich verändert. Und brauchte ein Kind nicht Traditionen und Großeltern? Zumindest würde sie, Carina, nicht mehr selbst das Kind sein müssen, das mit leuchtenden Augen vor dem Christbaum stand und mit eifrigen Händen Geschenke auspackte. Stattdessen konnte sie sich im Hintergrund halten und ein wenig ausruhen. Zumal auch Jens dabei war.

Jens stand im Gang. Jedes Mal, wenn er sich bewegte, glitt die automatische Tür zum Großraumwagen zur Seite, weshalb er sich bemühte, möglichst stillzuhalten und flach zu atmen. Solange er hier war, würde weder Mutter noch Kind ein Haar gekrümmt, und das war ein wundervolles Gefühl, dafür nahm er sogar eine schwäbische Familienweihnacht in Kauf, auf der er genetisch nicht das Geringste zu suchen hatte. Unmöglich konnte er Carina ungeschützt in dieses Abenteuer ziehen lassen, zumal sie von ihren Eltern bestimmt nicht die Hilfe bekommen würde, die man gemeinhin erwartete: Carinas Mutter war eine jener selbst- und vergnügungssüchtigen Sechzigjährigen, die meinten, ihre Enkel wären nur zu ihrer Unterhaltung und Bestätigung geboren worden. Als der Zug hinter Fulda mehrere Tunnel durchfuhr, sah Jens sich selbst in der Fensterscheibe und prüfte sein Profil. Niemals hätte er gedacht, wie sehr das Kinderhaben einen veränderte. Wie viel mit einem Mal wieder möglich schien.

Traudel wartete am Gleis. Wie lange hatte sie das nicht mehr tun dürfen, zusammen mit den anderen, grau gewordenen Müttern und Vätern den ICE aus Berlin empfangen, der am 23. Dezember voll mit erwachsenen Kindern aus der Hauptstadt steckte. Von denen das ihre jetzt sogar einen Kinderwagen den Bahnsteig entlang schob! In ihrer Freude küsste Traudel auch Jens rechts und links auf die Wangen. Sollte er doch mitkommen, wenn er selbst kein Zuhause hatte; Traudels Herberge stand offen, wartete mit Tannengrün, Plätzchenduft und Lichterglanz auf die kleine Gloria und alle, die sie im Gefolge hatte.

Gerhard, Carinas Vater, wartete im Halteverbot.

»Was für ein Irrsinn«, sagte er unter dem Gehupe der Autos, die ihm seinen Platz nicht gönnten, »das nächste Mal kommst du wieder mit der S-Bahn hoch.«

Traudel zog auf dem Vordersitz ihren Gurt lang und drehte sich nach hinten um.

»Den Kindersitz hab ich von Reichenbergers, ist der nicht süß mit den vielen kleinen Sternchen?«

Jens studierte den Aufkleber an der Seite der Schale. »Er entspricht aber leider nicht mehr den Sicherheitsbestimmungen. Nullviernullvier muss er laut EU-Norm jetzt haben.«

»Ach«, sagte Traudel, »das hab ich nicht gewusst.«

Jens umschloss mit der einen Hand den Bügel, mit der anderen Glorias Bein. »Dieses eine Mal wird es schon gutgehen.«

Im Wohnzimmer wartete eine zwei Meter fünfzig hohe Tanne, noch nackt, aber perfekt gewachsen.

»Ist der nicht schön?«, fragte Traudel. »Leider hab ich ja unsern Schmuck vor ein paar Jahren weggeworfen, aber ich hab durch Zufall auf dem Flohmarkt welchen gefunden, der ganz ähnlich aussieht. Morgen früh werden wir den mal sichten, also, natürlich nur, wenn ihr Lust dazu habt. Ich weiß ja nicht, was noch so ansteht, vielleicht seid ihr schon verabredet. Apropos, Martha möchte Gloria gern sehen und dann natürlich Lindi und Klaus und Gert und Veronika und vor allem Isi; wahrscheinlich könnten wir hier von morgens bis abends Audienzen abhalten, aber wir lassen uns nicht stören, wir wollen schließlich Weihnachten feiern, und du –«, Traudel legte Carina den Arm um die Schultern, »– du sollst dich vor allem ausruhen und von vorne bis hinten bedienen lassen. Heute Abend gibt's Gulasch, das steht schon auf dem Herd.«

»Gulasch?«, fragte Jens skeptisch.

»Ungarisches Rindergulasch, Carinas Leibgericht. Sind Sie Vegetarier?«

Jens schüttelte den Kopf. »Nein, aber für Gloria ist es vermutlich zu scharf.«

»Nun, ich –"

„Nein, natürlich, wie hätten Sie das auch wissen sollen.«

Nachts im Bett lauschte Traudel auf die Geräusche, die aus Carinas altem Zimmer drangen. Gloria weinte in regelmäßigen Abständen, und Traudel wäre zu gern hinübergegangen und hätte nach ihr gesehen, sie vielleicht ein bisschen herumgetragen, damit Carina schlafen konnte. Traudel selbst schlief ohnehin sehr schlecht und lag auch ohne weinendes Kind ständig wach. Jetzt hätte diese Schlaflosigkeit endlich mal einen Sinn gehabt, aber da war Jens, der sich dazwischendrängte. Der vermutlich schon wieder eine Theorie bereit hielt, warum sie, Traudel, an Glorias Weinen schuld war.

»Zu viele Eindrücke, zu viele fremde Gesichter«, hatte er gesagt, als Gloria nach dem Abendbrot und obwohl Carina auf das Gulasch verzichtet hatte, weinte und sich nicht beruhigen ließ. Als ob Omas und Opas Gesichter der Kleinen fremd sein könnten!

Traudel atmete tief durch. Sie würde liegenbleiben und versuchen zu schlafen. Anders als Jens würde sie durch Zurückhaltung Carina zur Seite stehen. Es war ganz normal, dass Babys nachts schrien, sie deshalb herumzutragen, half gar nichts, und mühsam gesuchte Erklärungen und Schuldzuweisungen machten das Ganze nur noch schlimmer. Wahrscheinlich spürte das Baby den Argwohn, den ihr übereifriger Ziehvater allen anderen gegenüber hegte! Was es brauchte, war eine gelassene Umgebung, ein Ort der Traditionen, die Geborgenheit des Rituals. Morgen war Weihnachten. Ab morgen würde das Kind so tief schlafen wie ein Engel.

Der Tag des Heiligabends war anstrengend.

Den Schlaf, den Gloria in der Nacht versäumt hatte, holte sie am Vormittag nach, sodass Carina beide Hände frei hatte, um stundenlang Perlonschnüre an Watteengel und Silberfäden an Erzgebirgsfiguren zu knoten, Kerzenklemmen zurechtzubiegen und Lametta zu entwirren.

Jens wurde damit beauftragt, den Kaufmannsladen zu säubern, den Traudel ebenfalls auf dem Flohmarkt erstanden hatte und aufstellen wollte.

»Ein bisschen früh«, meinte Carina skeptisch. »Ich fürchte, Gloria kann ihn noch nicht richtig würdigen.«

Traudel winkte ab. »Kinderweihnacht ohne Kaufmannsladen ist wertlos. Und ist der denn nicht wunderschön?«

Gerhard war mit einer langen Liste zum Einkaufen geschickt worden, und Traudel putzte einmal rasch durch. Ab und zu kam sie ins Wohnzimmer und begutachtete die Fortschritte bei Baumschmuck und Kaufmannsladen oder drehte die Schallplatte mit den Weihnachtsgesängen um. Es herrschte genau die Sorte Geschäftigkeit, die Traudel so mochte und der Carina in den letzten Jahren nur durch Fortbleiben hatte entfliehen können. Auch diesmal fiel Carina erst in dem Moment, als Gloria ihren Vormittagsschlaf beendet hatte, wieder auf, was sie in den vergangenen fünf Stunden alles hätte lesen, denken und an eigenem Schlaf nachholen können – dafür sah der Baum jetzt wirklich prächtig aus.

Während Carina auf ihrem alten Bett im Kinderzimmer lag und Gloria die Brust gab, läutete es an der Wohnungstür. Carina hörte, wie Traudel ihre Freundin Isi nach hinten durchschickte: »Nein, nein, geh ruhig rein, die kleine Dame ist gerade beim Essen.«

Carina grapschte nach der Decke, um zumindest ihren nackten Bauch notdürftig zu verbergen.

»Ich komm gleich raus!«, rief sie, aber Isi stand schon im Türrahmen.

»Ach Gott, wie niedlich«, sagte sie. »Ist das denn bequem, so im Liegen?«

Traudel war nachgekommen. »Na guck doch, wie sie saugt! Aber schade, nicht? Dass man nicht helfen kann. Wenn sie Hunger hat, sind alle außer Carina machtlos.«

»Ach Gott, ach Gott, nein …« Isi ging in die Knie, um noch besser sehen zu können. »Wir hätten uns das damals nicht so einfach ausreden lassen dürfen. Aber wenigstens jetzt kriegst du's noch mit, und ich? Die Bine ist auch schon vierzig, und der Ralf – na ja, wer weiß. Bei Carina hat auch keiner mehr dran geglaubt.«

Traudel kniete sich neben Isi vor das Bett. »Guck mal, wie sie jetzt guckt! Richtig betrunken sieht sie aus. Das ist aber auch fein, was da rauskommt, hm?«

Carina setzte sich auf und verstaute ihre Brüste im Still-BH.

»So ein Ding ist ja auch praktisch«, sagte Isi interessiert. »Einfach klick und fertig. Und jetzt? Was kommt jetzt?«

»Jetzt wird sie gewickelt«, sagte Traudel. »Pass mal auf, vielleicht pinkelt sie wieder. Sie pinkelt am liebsten im Freien.«

Jens hatte sämtliche Döschen, Gläschen und Schublädchen mit Seifenlauge gereinigt, abgetrocknet und neu befüllt. Er hatte Etiketten gemalt und war nun dabei, aus farbiger Modelliermasse Äpfel, Bananen und Birnen zu kneten. »Glorias Gemischtwarenladen« könnte man aus Glitzerfolie ausschneiden und ans oberste Regalbrett pinnen, und Tüten, hatte sein eigener Kaufmannsladen nicht kleine Papiertüten gehabt, zum Abreißen auf eine Schnur gefädelt?

Aus dem Kinderzimmer drang Gelächter. Carinas Mutter und ihre Freundin störten Gloria bei der Mittagsmahlzeit. Er sollte rübergehen und daran erinnern, dass Mutter und Kind keine Jahrmarktsattraktion waren.

Gerade als er aufstehen wollte, kamen Traudel und Isi ins Wohnzimmer.

»Und das ist Jens«, sagte Traudel.

»Ach, sehr schön.« Isi reichte ihm die Hand. »Ich hab schon gehört, dass Carina diese unersetzliche Hilfe in Ihnen hat.«

Traudel kicherte. »Und sieh nur, wie er sich ins Zeug legt! Wo die Kleine doch noch nicht einmal stehen kann ...«

Der Weihnachtsbaum war fertig geschmückt, der Kaufmannsladen glänzte.

Gerhard stand in der Küche und schnitt Kartoffeln für den traditionellen Kartoffelsalat. Jens stand mit Gloria vor dem Garderobenspiegel und schnitt ihr Gesichter, damit sie aufhörte zu heulen. Traudel bürstete ihr Jackett für die Kirche aus.

»Carina?«, rief sie.

Carina rappelte sich vom Sofa auf, auf dem sie kurz eingenickt war.

»Was meinst du, magst du Gloria nicht auch noch rasch was anderes anziehen? Der weinrote Nicky passt doch sicher toll!«

»Ich wollte eigentlich nicht mit in die Kirche gehen.«

»Ach komm. Da schreien immer kleine Kinder. Das ist doch herrlich, wenn es endlich mal das eigene ist –«

Carina seufzte.

Jens brachte die heulende Gloria. »Ich geh 'ne Runde raus mit ihr.«

»Ja«, sagte Carina, »ich glaub auch, sie braucht mal frische Luft.«

»Sehr gut«, sagte Traudel. »Wir gehen zu Fuß zur Kirche, und dann schläft sie, bis wir dort sind und macht keinen Mucks.«

Jens sah Carina an. »Ich geh mit ihr spazieren und hol euch wieder ab, wenn's vorbei ist.«

Traudel sah Carina an. »Der Gottesdienst dauert mindestens zwei Stunden. So lange soll sie doch nicht in der Kälte sein.«

Jens hob die Brauen. »Es wird bestimmt voll, und die Hälfte der Leute ist erkältet, und wenn sie auf dem Weg dahin einschläft, will man sie ja auch nicht gleich wieder wecken und aus dem Schnee-anzug holen.«

Carina sah Traudel an, die eine Spur energischer bürstete. »Wem willst du sie denn zeigen?«, fragte sie vorsichtig.

»Zeigen?!«, Traudel warf die Bürste hin. »Ich will sie gar nie-mandem zeigen! Ich wollte nur zusammen in die Kirche gehen. Aber wenn das die Gesundheit deines Kindes bedroht –« Sie schlüpfte in ihre Jacke.

»Nein, Mama! Jetzt warte doch.«

Traudel riss sich los. »Schon gut. Lass nur. Ich geh gern und ohne Weiteres allein.«

In der Kirche war es voll.

All die Ungläubigen, die nur zu Weihnachten einen Gottesdienst besuchten, drängten sich in ihren dicken Daunenjacken durch die Bänke und stießen diejenigen, die schon saßen, mit Hüftschwüngen und Ellenbogen beiseite.

Wie immer, wenn sie von Carina gekränkt worden war, strahlte Traudel nichts als Vernunft und kühlen Pragmatismus aus, und damit ergatterte sie sich einen Platz direkt am Gang, der eigentlich schon besetzt war.

»Tut mir leid«, sagte sie zu dem Paar, das weichen musste, »aber wir haben ein Baby dabei.«

Carina stellte den Kinderwagen ab und nahm die schlafende Gloria heraus. Sie setzte sich auf den Platz, den Traudel mit Hüft-schwung und Ellenbogen noch ein Stück verbreitert hatte, und legte sich Gloria über die Schulter, damit alle sie in ihrem weinroten Fest-tagsnicky sehen konnten. Die Orgel dröhnte los und übertönte Glo-rias Protestgeschrei. Als die Ouvertüre zu Ende war, hatte sich Gloria wieder beruhigt, und während des Singens und der Predigt entspannte sich auch Traudel. Beim Fürbittegebet tastete sie nach Carinas Hand und drückte sie verzeihend. Carina stiegen Tränen in die Augen. Ob aus Wut, Erschöpfung oder wegen der sentimentalen Floskeln des Fürbittegebets, wusste sie selbst nicht genau. Aber Traudel sah es und drückte noch einmal.

Erst beim Krippenspiel fing Gloria wieder an zu schreien. Traudel schoss hoch, nahm sie Carina von der Schulter und verschwand mit dem Kind durch den Gang. Carina sah sich nicht um, sondern konzentrierte sich auf die größeren Kinder, die vor dem Altar mit ihren Texten, falschen Flügeln und rückkoppelnden Mikrofonen kämpften. In drei, vier Jahren würde das die perfekte Begründung sein, um nicht mehr herfahren zu müssen: Glorias Rolle im Krippenspiel einer Berliner Gemeinde; dafür lohnte es sich vielleicht, wieder einzutreten.

Als der Gottesdienst vorüber war und Carina in den Vorraum kam, stand Traudel neben dem Opferstock, ließ Gloria vor ihrem Bauch auf und ab hüpfen und lächelte in alle Richtungen. Während Carina das Kind wieder in den Schneeanzug stopfte, vereinbarte Traudel Termine mit Gert und Veronika, Lindi und Klaus, Martha, Reichenbergers und der Vikarin.

Zu Hause saßen Gerhard und Jens am gedeckten Abendbrottisch und warteten.

»Na endlich«, sagte Gerhard. »Die Würstchen sind leider geplatzt. Aber ihr seid selbst schuld, wenn ihr so spät kommt.«

»Die Würstchen platzen, wenn man den Topf nicht rechtzeitig runterstellt«, sagte Traudel.

Gerhard teilte Kartoffelsalat aus. »Wie dem auch sei. Ich wünsche jetzt jedenfalls einen guten Appetit.«

Jens räusperte sich. »Also, ich weiß nicht, aber –« Er sah auf den Kartoffelsalat auf Carinas Teller.

»Doch, natürlich, du hast Recht.« Carina legte die Gabel wieder hin. »Zwiebeln, Papa, rohe Zwiebeln. Das ist so ziemlich das Schlimmste, was ich momentan essen kann.«

»Wie bitte? Ich bin den halben Tag dafür in der Küche gestanden!«

Traudel angelte sich ein kaputtes Würstchen und zog ihm vorwurfsvoll die Pelle ab. »Ich hab dir gleich gesagt, frag lieber.«

»Eine Zwiebel auf drei Kilo Kartoffeln. Die merkt man doch praktisch gar nicht.«

Traudel schob Carinas Portion zurück in die Schüssel.

»Also gut«, sagte Gerhard, »dann nimmst du eben mehr vom Nachtisch.« Er wandte sich an Jens. »Hardis berühmte Mousse au Chocolat! Nichts als Sahne, Eier und achtzigprozentige Schokolade.«

Jens nickte. »Von der hab ich schon gehört –« Er warf Carina einen Blick zu. »Ich will ja kein Spielverderber sein, aber –«

Carina nickte. »Eier, Papa, rohe Eier. Das Risiko will ich nun wirklich nicht eingehen.«

»Welches Risiko?«

»Na, Salmonellen«, sagte Jens.

Gerhard sah ihn entgeistert an.

Traudel klatschte in die Hände. »Man muss ja nicht ständig essen. Ich würde mal sagen, wir fangen mit der Bescherung an!«

Die Bescherung war anstrengend.

Wie jedes Jahr hatte Traudel im Vorfeld die Parole ausgerufen, dass jeder nur ein einziges Geschenk bekommen sollte, und wie jedes Jahr unterlief sie selbst diese Regel, indem sie fünf bis acht Geschenke mit Kräuselband zu einem einzigen zusammenschnürte. Sogar Jens hatte Diverses auszuwickeln, und für Gloria gab es zudem noch Tüten und Päckchen von Reichenbergers und Lindi, Martha und Veronika, Isi und einigen der Nachbarinnen. Carina hatte keine Ahnung, wie sie all das Zeug zurück nach Berlin schaffen sollte. Zum Glück war Jens dabei.

Traudel, die ihr einziges Geschenk schnell ausgewickelt hatte, überwachte die Freude der anderen.

Gloria war geweckt worden, um die brennenden Kerzen und das Läuten des Glöckchens nicht zu verpassen, zeigte aber wenig Interesse und fing bald an zu weinen.

»Das habt ihr jetzt davon«, sagte Gerhard und faltete die Hände vor dem Bauch. »Ich hab doch gleich gesagt, lasst sie schlafen.«

Carina ging mit dem weinenden Baby auf und ab. »Der Festochse hat's immer am schwersten.«

»Was soll das denn nun wieder heißen?«, fragte Traudel.

»Ich mein nur, weil alle sie anstarren. Es kommt doch bestimmt noch was Schönes im Fernsehen.«

Traudel schnaubte.

Jens glättete die Kräuselbänder und wickelte sie auf.

Carina versuchte es mit Stillen, aber Gloria drehte den Kopf weg und schrie weiter.

»Als ich sie vorhin gewickelt habe, hatte sie einen ziemlich wunden Po«, sagte Jens nachdenklich. »Vielleicht solltest du dich auch bei den Mandarinen ein wenig zurückhalten.«

Nachts im Bett lauschte Traudel auf die Geräusche, die aus Carinas altem Kinderzimmer drangen.

»Von mir aus«, sagte Carina, und: »Das ist einzig und allein deine Angelegenheit.«

Was Jens antwortete, war nicht zu verstehen. Nur ein gekränktes Brummen, dann scharrte ein Stuhl übers Parkett. Ob er sich jetzt anzog und abhaute?

Traudel schwankte zwischen Genugtuung und Mitleid – zu ihrem eigenen Erstaunen nicht mit Carina, sondern mit Jens. Es war fürchterlich, Carina gegen sich zu haben, ihre kalte, ablehnende Stimme.

»Häng die Sache nicht so hoch!«, würde Traudel Jens morgen raten. Wenn er dann noch da war.

Jens lag wach und sah auf Carinas Rücken im Nachthemd. Der

Anblick war ihm vertraut, genau genommen hatte er mit Carina im Bett noch nie etwas anderes zu sehen bekommen als diesen Rücken. Aber heute Nacht strahlte er nicht die sanfte Zurückweisung und freundschaftliche Enthaltsamkeit aus wie sonst, sondern kleinkrämerische Feindschaft und Versöhnungserwartung wie der von einer Ehefrau.

Vielleicht war es nun soweit, vielleicht war der Zeitpunkt gekommen, dass alles sich ändern sollte. Glorias Erscheinen hatte ihn zum Vater gemacht und Carina zu seiner Frau, Sex und Genetik hin oder her, es gab Höheres, das regierte. Was war eigentlich aus Maria und Josef geworden? Hatten sie jemals geheiratet? Hatte sie ihm noch ein paar leibliche Kinder geschenkt? Soviel Jens sich erinnerte, schon. Diese Nacht war nicht das Ende, diese Nacht war erst der Anfang.

»Carina?«, sagte er leise.

Carina hörte ihn nicht. Sie sah zu, wie die Fäuste neben Glorias Gesicht sich langsam öffneten. Laut Jens war das ein sicheres Zeichen, dass sie in eine Tiefschlafphase hinüberglitt und mindestens drei Stunden lang durchschlafen würde. Das Einzige, wonach Carina sich sehnte, war Schlaf. Was für eine Verheißung.

SOWOHL ALS AUCH

Seit einem guten Jahr schon arbeitete Simone daran, zu einer gemäßigten, ausgewogenen Sicht auf die Widrigkeiten des Daseins zu gelangen. Hilfe bekam sie dabei von Frau Krombacher, die nichts mit Bier zu tun hatte, sondern in einer Praxis für Psychotherapie am Winterfeldtplatz saß. »Vom Entweder-Oder zum Sowohl-als-auch«, lautete ihr Fahrplan für Simones Behandlung, und Simone leuchtete das Motto ein. Sie ging nämlich inzwischen auf die Fünfzig zu und musste auf ihren Blutdruck achten, traute sich einen Alltag im Untergrund nicht mehr zu, hatte Kinder in die Welt gesetzt, die sich schämten, wenn Mutti auf offener Straße herumbrüllte, und mit geschorenem Haar sah sie nicht mehr widerständig, sondern allenfalls krebskrank aus.

Radikalität war ein Privileg der Jugend.

Simone musste, wenn's um Wurzeln ging, Ingwertee trinken oder gemeinsam mit Frau Krombacher danach graben, warum sie jeden Mist, der in der Welt passierte, direkt auf sich bezog – statt mit den Schultern zu zucken und zu sagen: »Pech. Das läuft halt nicht so gut. Doch es kommen auch wieder bessere Zeiten.«

Weihnachten, zum Beispiel.

Weihnachten war all die Jahre zuverlässig vorbeigegangen. Vier Wochen fürchterlicher Advent gefolgt von einem Heiligabend mit erwartbaren Enttäuschungen, zäh dahinkriechenden Feiertagen durch eine verkrustete Jahresendzeit, aber dann! Schwupps! Ein frischgeborenes, verheißungsvolles neues Jahr.

Sie hätte sich längst daran gewöhnen können.

Stattdessen spürte Simone schon wieder das Bedürfnis auszusteigen. Den Mist nicht einfach vorbeiziehen zu lassen, sondern ihn in die Luft zu jagen, endgültig loszuwerden, ihn in die Tonne zu treten ein für alle Mal.

»Es hängt nicht allein von Ihnen ab«, sagte Frau Krombacher, »Sie sind Teil eines gesellschaftlichen und kulturellen Systems.« Was Simone durchaus bewusst war. Aber litten nicht alle darunter? Hatte es nicht schon vor fünfunddreißig Jahren im Schulgottesdienst geheißen, dass der Konsumterror langsam überhandnahm? Die hätten mal sehen sollen, wie es heute war. Neue Smartphones für alle!, weil – so hieß es in der Werbung, die an den Haltestellen aushing – alle brav gewesen waren. Und anstatt spätestens aufgrund dieses zynischen Spruchs aufzubegehren und obwohl doch alle wussten, wer daran verdiente, wer dafür starb oder zumindest seiner Lebensgrundlage beraubt wurde, dass damit die große Überwachung quasi durch die Hintertür und in China bereits flächendeckend –

»Stopp!«, unterbrach sie Frau Krombacher, »Sie vergessen die positiven Aspekte. Sehen Sie sich die Möglichkeiten an. Die Revolutionen in den Maghreb-Staaten. Die Flüchtlinge, die mithilfe ihrer Handys ihre Routen navigieren können. Die Demokratisierung des Wissens –«

Simone schwieg. Wie gesagt, sie fand Frau Krombachers Motto ja gut. Hatte es nur noch nicht ganz verinnerlicht. Und wusste nicht, was sie den Kindern schenken sollte.

Smartphones wären natürlich der Knaller. Endlich könnten sie sich in die Whats-App-Chats ihrer Klassenkolleg*innen einklinken, danach sehnten sie sich schon seit Jahren. Eines könnte das Auspacken des anderen direkt unterm Weihnachtsbaum aufzeichnen und auf Youtube hochladen – die Freude, die dabei festgehalten würde, wäre nach der langen Enthaltsamkeit, zu der Simone sie gezwungen hatte, so überwältigend, dass das Video auf jeden Fall viral ginge und dem Kind eine Poleposition innerhalb der Unboxing-

Community garantierte. Überhaupt könnten sie auch gleich das ganze Weihnachtsfest aufnehmen und noch den Rest des Familienlebens dazu; alle würden einander die ganze Zeit filmen und live kommentieren, sie könnte feste Kameras installieren, die Kinder von nun an ununterbrochen online spielen lassen und damit einen Haufen Geld verdienen; eine Youtuber-WG könnten sie werden und sich ab sofort alles, zumindest aber alle zukünftigen Weihnachts- und Geburtstagsgeschenke sowie Klamotten und Kosmetikartikel von den Firmen, die sie damit kostenlos bewarben, sponsern lassen –

»Halt!«, rief Frau Krombacher, »Sie übertreiben schon wieder, Sie müssen nicht ins Extrem gehen.«

Nein. Einfach nur zwei Smartphones kaufen. Weil es das wäre, was den Kindern die größte Freude bereitete. Sie würden damit auch Vokabeln lernen. Vogelstimmen identifizieren. »Sowohl als auch.«

Frau Krombacher nickte zufrieden.

Simone fühlte sich gut. Sie nahm die U7 zur Wilmersdorfer Straße, weil der Mediamarkt auf einer westlichen, im Niedergang befindlichen Einkaufsmeile ein gemäßigteres und ausgewogeneres Einkaufserlebnis versprach als der in der brandneuen East Side Mall.

Tatsächlich war darin kaum ein Mensch zu sehen. Simone steuerte auf den Tresen mit den Mobiltelefonen zu.

»Kann ich helfen?«

Simone sah auf. Der Mann im roten T-Shirt, der sie angesprochen hatte, erschrak. Sein professionelles Lächeln erstarb, die Augen flackerten, bis sein Mund sich zu einem echten Lächeln auseinanderzog und die stoppeligen Wangen sich rot färbten, fast so rot wie das T-Shirt.

Es war Klaus. Der Papa von Tilda und Oskar.

Simone errötete ebenfalls. Das hatte sie nicht gewollt: einen armen Freiberufler beim Aushilfsjob erwischen. Bestimmt hatte er sich absichtlich hier im Westen einsetzen lassen, weit genug entfernt von Nachbarinnen und Miteltern, um nicht Auskunft darüber geben zu müssen, dass das eigene Geschäft schlecht lief, zu schlecht zumindest, um die systemgesteuerten Konsumbedürfnisse seiner Kinder zu befriedigen.

»Hi, Simone. Christmas-Shopping?«

»Eigentlich ja. Jetzt bin ich allerdings aus dem Konzept geraten.«

»Was da war?«

»Smartphones für alle.«

Simone nahm eins der glänzenden Dinger in die Hand. Es war mit einem speckigen Spiralkabel gesichert, am Plexiglastisch an die Leine gelegt.

»Ein schönes Modell«, sagte Klaus. »Wird gerne genommen.«

Simone legte das Smartphon zurück.

»Für Mats und Lena?«, fragte Klaus.

Simone nickte.

»Tu's einfach.«

»Ich kann nicht.«

»Es ist das, was sie wollen.«

Simone sah zur Seite, zu der Wand mit den Flachbildschirmen, auf denen vierzehnmal das Gesicht eines mittäglichen Talkgasts zu sehen war – hochaufgelöst.

»Es ist die Hölle«, murmelte sie.

»Wir leben im Zuchthaus«, bestätigte Klaus.

Simone sah ihn überrascht an. Er grinste.

»Wir sind gebor'n«, sang er, »um frei zu sein! Wir sind zwei von Millionen, wir sind nicht allein!«

Zwischen der Weißware näherte sich ein weiterer Mann in rotem T-Shirt.

»Du machst dich über mich lustig.«

»Nein!« Klaus' Gesicht wurde ernst. »Ich bin froh, dass du mich daran erinnerst.«

Simone war nicht froh. Es war ganz bestimmt nicht ihre Absicht gewesen, alte Songs und Parolen heraufzubeschwören; wenn Klaus das tröstlich fand, schön für ihn, für sie selbst war es Gift. Was war aus Rios Schlachtruf geworden? Ein Gassenhauer, den müde Männer in roten T-Shirts mitsangen, während sie ihre Seele dem Teufel und dessen Zeug müden Müttern zum Schnäppchenpreis verkauften; es war die Hölle und die hatte im Verlauf der letzten vierzig Jahre alles geschluckt, was einst noch auf sie hingewiesen hatte.

»Keine Smartphones für niemand«, sagte Simone und ließ Klaus in der Hölle zurück.

In der U7 heimwärts Richtung Osten versuchte sie sich ins Gedächtnis zu rufen, was sie selbst sich mit zehn und zwölf Jahren jeweils zu Weihnachten gewünscht hatte. Elektronik nicht, das stand damals noch nicht zur Debatte. Markenturnschuhe ja, die hatten damals schon das Versprechen ausgestrahlt, sowohl dazuzugehören als auch herauszuragen, wenn man sie nur endlich an den Füßen trug. Ein Versprechen, das nach den Weihnachtsferien umgehend enttäuscht wurde – nichts war leichter in den neuen Schuhen, im Gegenteil, irgendwie sahen sie blöd aus zu der Jacke, die sie hatte, was sie ihrer Mutter gegenüber aber nicht zu äußern wagte, denn was hieß das dann im Rückschluss? Neue Jacke? Vergiss es, mein Fräulein, vielleicht nächstes Jahr.

»Mein Fräulein«, könnte sie zu Lena sagen und zu Mats »mein Herr«. Statt mit Geschenken könnte sie dieses Jahr mit einer neuen Variante subtiler Herabwürdigungen aufwarten, das war es doch, was Heranwachsende brauchten: Gründe, sich aus den familiären Verstrickungen zu befreien, Anlass, die Eltern langsam, aber sicher zu hassen. Genau wie Weihnachten und das, wofür es stand. Wenn ihr das umfassend gelänge, würden aus den Kindern vielleicht neue Rio Reisers werden, Lichtgestalten, die aufbegehrten. Und frische Schlachtrufe ersannen.

Während die U7 sich quietschend in die Kurve legte, meinte Simone, einen Ausweg aus ihrem Dilemma gefunden zu haben und freute sich schon auf Frau Krombachers anerkennendes Gesicht.

RANUNKELN

Weil im Grunde alles schön war (der Winter vorbei und die Kinder gesund), weil jetzt im April überall kleine grüne Blättchen hervorkamen (selbst aus diesen düsteren, wie tot am Straßenrand herumstehenden, schwarz verrußten Bäumen) und Claudia immer noch die Puste hatte, dreimal um den Block zu laufen (nach bald dreißig Jahren Zigarettenkonsum, unterbrochen nur von den jeweiligen Schwangerschaften) und die im Park zu DDR-Zeiten angepflanzten japanischen Zierkirschbäume die näherrückende Bebauung auch überlebt hatten (geschützt nur durch unkleidsame Verschalungen aus ungeschliffenem Bauholz), antwortete sie, wenn sie danach gefragt wurde: »Oh ja, es geht mir gut!«

Wobei sie sich durchaus überlegte, wann die Leute damit begonnen hatten, nicht mehr »Wie geht es dir?« zu fragen, sondern lieber gleich »Geht es dir gut?«. Worauf man zwar auch mit »Nein« antworten konnte, doch das klang in Claudias Ohren harsch und undankbar.

Wer ihr diese Ohren verpasst hatte, fragte sie sich auch.

»Stell dich nicht so an«, hatte ihre Mutter früher oft zu ihr gesagt – oder war es die Sportlehrerin gewesen? Diese unbeugsame Deutschrumänin, die Doping okay fand, weil man den Fortschritt nicht aufhalten konnte, sich im selben Atemzug aber über die Mechanisierung der Hausarbeit beschwerte, weil die den Mädchen diese dünnen, kraftlosen Arme einbrachte, mit denen sie weder werfen noch sich stützen oder gar aufschwingen konnten: »Würdet ihr zuhause noch Teppiche klopfen, kämt ihr das Seil jetzt hoch!«

Claudia hatte beides eingeleuchtet, sowohl die Unaufhaltsamkeit des Fortschritts als auch seine muskelkraftraubende Auswirkung, also hatte sie statt des elektrischen Rührgeräts ab sofort wieder einen Schneebesen zum Sahneschlagen benutzt, doch das mit dem Teppichklopfen war nicht umsetzbar gewesen: In ihrem Kinderzimmer gab es Auslegware, da kam man um den Staubsauger nicht rum. Dafür eignete sie sich als Turnunterlage; Claudia übte den Handstand auch zu Hause und versuchte, die fehlende Kraft in den Armen durch Schwungholen auszugleichen. Kam jedoch nicht hoch. Kam, wenn sie ehrlich war, über einen Neunzig-Grad-Winkel zwischen Beinen und Brust nie hinaus, hätte vielleicht Hilfestellung gebraucht – doch ihre Übungen machte sie stets heimlich. Niemals hätte sie ihrer Mutter von dem Wunsch erzählt, einen Handstand zu beherrschen.

Für ihre Mutter war wichtig, dass Claudia alles hatte und konnte, was sie wollte, und dass ihr das, was sie nicht hatte und konnte, egal war. »Stolz« nannte die Mutter das. Oder war es der Vater gewesen? Wer hatte Claudia beigebracht, ihre Wünsche zu verheimlichen und stattdessen so zu tun, als sei alles gut?

Auf jeden Fall war sie sicher, dass die Antwort auf die Frage, ob es ihr gutgehe, »Ja« lauten musste, damals und auch heute, denn anders als andere schlechte Eigenschaften wie Geiz und Rücksichtslosigkeit waren Selbstmitleid und Jammern noch immer nicht zu Tugenden erklärt worden. Es war knapp noch erlaubt, sich über den Winter mit seinem niedrig hängenden Himmel, seinen rutschigen Straßen und ausbleibenden S-Bahnen zu beschweren, aber jetzt war Frühling, und wer nicht unheilbar krank oder letzte Nacht erst ausgeraubt worden war, hatte in dessen hellgrüne Hoffnungsbotschaft einzustimmen und »Es geht mir gut!« zu sagen, »Danke, bestens!« oder »Hey, ich kann nicht klagen«. Ungefähr zehnmal am Tag.

Claudia kannte sehr viele Leute. Die meisten waren nett und mindestens so tapfer wie die schwarz verrußten Bäume. Jedes Jahr brachten sie, wenn der Winter vorbei war, ihre Mäntel in die Reinigung und die Fahrräder zur Inspektion, putzten ihre Fenster oder ließen sie putzen (von jemandem, der dann auch besser das Seil hinaufkam). Wiesen einander auf die rosa Schaumkronenpracht der japanischen Zierkirschbäume hin oder pflanzten gar selbst ein paar Stiefmütterchen in die vollgekackten Baumscheiben – Claudia bewunderte solche Zeichen von Optimismus und Disziplin. In dem Mietermagazin, für das sie schrieb, hatte sie zu einem Fotowettbewerb aufgerufen, Thema: »Die schönste Blume dieser Stadt«. Leider war die Teilnahme für sie selbst als Initiatorin und Mitarbeiterin ausgeschlossen, aber trotzdem hatte sie schon eine ganze Reihe Fotos mit dem Handy gemacht. Falls die Einsendungen nicht hinhauten, würde sie nachhelfen.

Insgesamt war Claudia bereit, bei allem, was notwendig war, mitzumachen. Sie war niedergeschlagen, ja, doch dafür gab es keinen Grund.

Wenn sie auf die Frage, ob es ihr gut gehe, mit »Nein« geantwortet hätte, hätte sie als nächstes einen Grund dafür ins Feld führen müssen, und welches Feld sollte das sein? Es gab noch nicht einmal Krieg, da, wo sie lebte. Jedenfalls keinen mit Feldern und Feldherren; allenfalls metaphorisch konnte man noch irgendetwas anführen, und als Herrin ihrer Metaphern fühlte sich Claudia schon lange nicht mehr. Weshalb sie auf keinen Fall von »Krieg« reden und die dafür notwendigen Anführungsstriche mit den Fingern in die Luft malen wollte; sie hielt ihre Hände verschränkt. Versuchte, sie auf dem Rücken zusammenzubringen, mit den Handflächen gegeneinander, auf Höhe der Schulterblätter. Dazu mussten die Schultern beweglicher sein, Claudia übte heimlich. Das war etwas, womit sie das Alter in Schach halten konnte! Eine aufrechte Haltung, nicht metaphorisch, sondern anatomisch gesehen.

»Du bist doch noch gar nicht so alt«, sagte ihre Tochter, wenn sie freundlich sein wollte.

»Ach so, nein?«, sagte Claudia säuerlich. Woraufhin die Tochter gleich nicht mehr freundlich sein wollte: »Na ja, wenn ich ehrlich sein soll, natürlich schon.«

Was Claudias eigene Schuld war: Die Kinder zu Ehrlichkeit erzogen zu haben.

Alles Mögliche, was mal positiv und verheißungsvoll erschienen war, stellte sich als sein Gegenteil heraus. Mutterschaft, zum Beispiel.

Hätte Claudia keine Kinder gehabt, hätte sie nicht in jedem zweiten Haus des Viertels irgendwen gekannt und deshalb auch erkennen und grüßen müssen, dann wäre es egal gewesen, wer sie war und wie's ihr ging. Selbst die wenigen Bekannten, die sie ohne ihre Kinder gehabt hätte, hätte sie ignorieren oder sonstwie vor den Kopf stoßen können, es hätte schließlich nur sie selbst betroffen, wenn diese Bekannten sie fortan mieden und hinter ihrem Rücken schlecht über sie sprachen. Als Mutter hingegen zog sie mit jeder unbedachten Antwort ihre Kinder und deren Ansehen mit ins Verderben; »Mama«, mahnte ihre Tochter dann auch prompt, wenn sie auf der Straße sang oder auf die Frage, wie's ihr ging, mit sächsischem Akzent »Nu, so rischtsch bombsch« antwortete.

Ihre Kinder waren der Hauptgrund dafür, dass Claudia so viele Leute kannte, und sie nahm es ihnen übel. Was widersprüchlich war, wo sie sie doch genau zu diesem Zweck bekommen hatte: um bloß nichts zu verpassen, nicht an den Rand gedrängt zu werden. Für ein Leben inmitten von Leuten, in der Mitte des Mainstreams – auch wenn man dabei Wasser in die Nase bekam.

Am Rande des Flusses wäre die Strömung vielleicht sanfter gewesen, vielleicht spürte man dort sogar ab und zu mal Boden unter den Füßen – aber nein, Claudia hatte eine diffuse Angst davor gehabt zu versumpfen, zu versiegen (oder für versumpft und versiegt zu gelten) und deshalb getan, was man als fruchtbare, freundlichfröhliche Frau tun musste: sich hineinbegeben in das Abenteuer

der Fortpflanzung, anstatt sich im Seitenarm in verhaktem Treib-
holz ebenfalls zu verfangen und dann endgültig querzuliegen. Bloß
das nicht. Dann lieber Augen zu, untertauchen und durch.

Ihre Neigung zu Metaphern hatte Claudia den Job bei der Tageszeitung gekostet.

»Geh nicht ständig so in die Breite«, hatte der Chefredakteur
gesagt, und sie hatte, anstatt auf ihn zu hören, wieder nur der Wort-
wahl nachgelauscht.

Von schlanken Texten war damals häufig die Rede gewesen,
schlank und elegant, geschmeidig und unaufdringlich sollten sie
sein, was in Claudias Ohren jedoch nicht zu Texten, sondern zum
Aussehen und Auftreten attraktiver Menschen passte. Weshalb sie
durcheinandergeraten war und gedacht hatte, sie solle an sich selbst
arbeiten. Sich selbst ein wenig kürzer halten, beweglicher sein. Also
hatte sie sich Joggingschuhe gekauft und beim Yoga angemeldet, an
ihrer Schreibweise jedoch nicht viel geändert – woraufhin ihr schließlich nahegelegt worden war, sich nach was anderem umzusehen.

»Die ganze Branche ist am Schwanken«, hatte der Redakteur
zu ihr gesagt, »und ihr hier in Berlin baut nur darauf, dass es schon
irgendwie gehen wird. Aber ich sage dir: Nein! Jetzt ist Schluss mit
den lustigen Tagen.«

Was Claudia an Fasching hatte denken lassen, an den Geruch von
Clownweiß in seiner runden, durchsichtigen Dose sowie an das un-
angenehme Gefühl, wenn dieses Weiß auf der Haut trocknete und
ihr dabei auch noch die eigene Feuchtigkeit entzog. Ob das wohl
als Metapher für ihren Widerwillen taugte, im Hartz-IV-Antrag
Angaben zu Anzahl und Vermögen der im Haushalt lebenden
Personen zu machen? Eher nicht, also tat sie's schließlich doch,
schminkte sich den letzten Rest Privatsphäre ab und schmierte sich
den Stolz in die Haare. Diesen »Stolz«, nichts zu brauchen, was
man nicht schon hatte. Der biss sich ein bisschen mit dem Konzept der laufenden Kosten, und die laufenden Kosten entkamen,

schnappten stattdessen nach Claudias Waden und überzeugten sie (Claudia, nicht ihre Waden), dass sie Hilfe brauchte, und die bekam sie auch und dann ein wenig später noch das Angebot, fürs Mietermagazin ihrer Wohnungsbaugesellschaft zu schreiben, womit sie zwar nicht zurück im Glanz des Tagesjournalismus', doch zumindest aus dem Gröbsten raus war. Und sich sogleich fragte, was genau das eigentlich war: dieses Gröbste.

Während sie die Blumenfotos von ihrem Handy auf den Rechner lud, fiel ihr auf, dass sie fast nur Mohngewächse fotografiert hatte: Blüten, deren Blätter im Wind zitterten und dann auch schnell abfielen. Um Liliengewächse hatte sie hingegen einen Bogen gemacht, Tulpen, deren Blätter ewig am Stiel festsaßen und unten so fleischig waren wie die von Artischocken.

Claudia war fürs Loslassen.

Dafür, nachzugeben und sich zu fügen, eine kurze Brise zu nutzen, um noch ein letztes Mal zu schweben – und dann endgültig zu vergehen. Ob das schon der Beginn der Wechseljahre war?

Bei den Kindern war das Gröbste angeblich das Windelalter. Das Nicht-Durchschlafen-Können, vielleicht auch noch das erste Kita-Jahr mit den fremden Hustenviren, beziehungsweise das letzte mit den Läusen, Würmern und dem Schwimmkurs. Wenn das vorbei war, waren die Kinder gerüstet, und die Eltern konnten sich zurücklehnen und sich entspannen.

Claudia nicht.

Unentspannt wie sie war, hatte sie sich entschieden, erst einmal das Gröbste ihrer Kinder neu zu definieren; »Dass du jetzt durchschlafen kannst, heißt nicht, dass du gar nicht mehr aufstehen musst!«, mahnte sie ihren Sohn, der am liebsten mit seinem Handy im Bett lag, und: »Dass du argumentieren kannst, heißt nicht, dass du Recht hast!«, schrie sie ihre Tochter an, und dann weinte sie (Claudia, nicht die Tochter), weil die Tochter leider doch im Recht war und außerdem noch jung und fleischig und strahlend wie eine Tulpe.

Es war nicht leicht, das ständig vor der Nase zu haben. Es war schwierig, nicht neidisch zu werden auf das Unterhautfettgewebe – das die Tochter noch nicht einmal zu würdigen wusste, sondern ihrerseits sehr viel lieber weghaben wollte.

»Ich nehm's!«, rief Claudia, doch die Tochter verdrehte nur die Augen und wollte sich nicht mehr mit Claudia gemein machen. Übte stattdessen heimlich gegen das Fettgewebe an. Zog die Wangen ein, um abgehärmt zu wirken – Claudia kam nicht umhin, es zu bemerken, ganz egal, wie heimlich es geschah. Claudia sah es und gab sich die Schuld daran: Kein Wunder, war die Tochter Opfer des allgemeinen Schönheitsdiktats, wenn auch die Mutter schon immer und für alle Zeiten eines war.

»Ich will dein Fettgewebe doch nicht!«, schrie sie in Richtung Tochterzimmertür, doch die blieb zu und Claudia allein. Allein mit ihrer Schuld und ihrem Gröbsten, das vom Gröbsten ihrer Kinder nur unzureichend und zeitweise verdeckt gewesen war; jetzt quoll es überall hervor, ließ sich durch Arbeit und Ablenkung nicht mehr eindämmen, sondern vermehrte sich durch die Kinder erst noch – genau wie die Bekannten auf der Straße.

Dass sie da immer noch nicht raus war, war Claudia unangenehm. Dass sie immer noch glaubte, das Bild, das andere von ihr hatten, beeinflussen zu müssen: indem sie ganz besonders aufmerksam und tüchtig, freundlich und belesen, gepflegt und zuvorkommend war. Allen, die sie sahen und sich was zu ihr denken mochten, einen Schritt voraus! Das funktionierte nicht, es gab zu viele Menschen. Zu viele einander widersprechende Haltungen und Ansichten; es war sinnlos, sie allesamt voraussehen und mitdenken zu wollen, es war dumm. Und es nützte auch nichts, diese Dummheit dem Einfluss der Sportlehrerin oder dem Überlebensmodell ihrer Eltern anzulasten, schließlich sollte man mit Ende vierzig langsam mal seine eigenen Maßstäbe anlegen. Aber wer hatte das denn schon wieder gesagt? Wieso ausgerechnet mit Ende vierzig? Weil sie selbst schon so alt war?

Besonders unangenehm war Claudia die Tatsache, inzwischen schon Ende vierzig zu sein – und immer noch dieselbe alte Claudia.

Schreiben half ein wenig.

Schreiben war wie jäten: So lange am Giersch ziehen, bis das Erdreich aufbricht und die weitverzweigte, bleiche Wurzel freiliegt. Eine Wurzel, die gar nicht nach unten zum Grundwasser, sondern in die entgegengesetzte Ecke des Gartens führt – um da dann ebenfalls auszutreiben.

Wenn Claudia schrieb, hing plötzlich alles mit allem zusammen, war genau in diesem Wirrwarr eine gewisse Schönheit zu erkennen: Niemand wusste, wo oben und unten war, und trotzdem ging's irgendwie weiter. Im Text zumindest. Und im Leben.

Nach ein paar Stunden am Schreibtisch konnte Claudia sich ihre Joggingschuhe anziehen und loslaufen, konnte Bekannten begegnen und sich deren Fragen stellen, konnte sogar ihren Sohn im Bett und ihre Tochter im Recht lassen – um sich dann erneut an den Schreibtisch zu setzen und nach Zusammenhängen zu fahnden, einfach den Rechner hochfahren und los.

Die ersten Blumen von außerhalb waren eingegangen, und eingehen hieß in dem Fall nicht sterben, sondern einfach nur ankommen, direkt in Claudias Postfach. Was ja wohl bedeutete, dass sie doch nicht ganz allein war! Oder wenn, dann nicht als einzige so niedergeschlagen, Ende vierzig und allein.

»Ich mag Forsythien nicht«, schrieb da zum Beispiel eine, »aber hier blüht sonst nichts, also, was soll's.«

»Falsche Narzisse«, schrieb eine andere, »die tut nur so, echte Narzissen sind gelb.«

Claudia schmunzelte.

»Schmunzeln« war allerdings ein Wort, das ihr der Redakteur in den Tagen der schlank-eleganten Texte immer entschieden zensiert hatte – und reflexartig verschwand es aus Claudias Gesicht.

Um sich gleich darauf wieder auf ihm auszubreiten; den Teufel würde sie tun und sich das Schmunzeln versagen, das hier war ihr eigenes Gesicht, voll mit Schmunzeln und Runzeln, Furunkeln und Karbunkeln –

Schreiben half also, besser zumindest als Heiner.

Heiner, Claudias Exfreund (»Wie der Heiner kann's keiner«), war nicht nur der Vater ihrer Kinder, sondern außerdem noch Künstler und Lebenskünstler – also immer munter, sobald jemand anderes im Raum war, und immer müde, was Claudias Erwartungen betraf.

»Man muss sich selbst an den Haaren aus dem Sumpf zieh'n« war sein Lebensmotto – was lustig war, denn er hatte kaum noch welche. Doch auch das schien Heiner nicht weiter zu stören, er besaß diesen Bodygroomer, mit dem er sich das übriggebliebene Kopfhaar schor, und der groomte und zoomte (stufenlos verstellbar) und lag so schön smooth in der Hand.

Anders als Claudia hatte Heiner die Begabung, sich an technischen Geräten zu erfreuen, und auch jenseits seiner zurückweichenden Haare hatte er kein größeres Problem mit dem Älterwerden. War ihm elegant entgangen, indem er sich nicht nur den Groomer, sondern auch eine neue Frau mitsamt einer neuen (seiner dritten) Ladung Kinder zugelegt hatte – und damit Claudia in den Status seiner Exfrau versetzt. (Seiner zweiten und, man kann's nicht anders sagen, schon wieder unangenehm bis psychotischen.)

Claudia hätte nicht geglaubt, dass ihr das je passieren könnte.

Sie hätte es wissen können, klar. Sie hätte Heiner von Anfang an im Verdacht haben können – doch sie hatte sich stattdessen in Sicherheit gewiegt. In der Gnade ihrer späten Geburt! Nur fünf Jahre jünger war sie als die erste Exfrau, doch fünf Jahre waren damals, als die erste Frau zur Exfrau wurde, noch eine ganze Menge, gefühlt eine ganze Generation. Jetzt nicht mehr, jetzt waren Claudia und die erste Ex ungefähr gleich alt, auf jeden Fall gleich ex, denn wer sich weigert, aus der Geschichte zu lernen, ist verdammt, sie zu wiederholen, und deshalb wurde Claudia jetzt, wenn Heiners Neue anrief, um zu fragen, wo Heiner denn wohl steckte (ob vielleicht im Haushalt seiner zweiten Ladung Kinder?), auf die unerbittlichste Art an die erste seiner Exfrauen erinnert, säuselte mit deren Stimme sowie Todesverachtung: »Ach du, warte mal. Der Heiner? Nee, du, sorry. Sorry-sorry, wirklich sehen kann ich ihn hier nicht.«

»Ma-maaa«, sagte Claudias Tochter mahnend.

»Was?«, fauchte Claudia.

Die Tochter wandte sich ab und tippte irgendetwas in ihr Handy. Es war gut möglich, dass sie der Neuen eine Whats-App-Nachricht zukommen ließ: »Bitte entschuldige, meine Mutter ist ein bisschen komisch. Heiner ist wirklich nicht hier. Hat Termine in Hamburg, ich hoffe, er meldet sich demnächst bei dir.« Und dazu ein freundliches Emoji, weil Emojis eine angemessene und vernünftig-ausgeglichene Form darstellten, seine Gefühle zu zeigen, und die Tochter auch genau solche Gefühle gegenüber Heiners Neuen, Heiner selbst sowie den Horden ihrer Halbgeschwister besaß. Claudia hätte einiges dafür gegeben. Doch so sehr sie auch suchte: Sie fand solche Gefühle nicht.

»Es ist das Letzte!«, kreischte sie stattdessen. »Diese Typen, die einfach immer weiterzieh'n!«

»Zieh halt auch weiter.«

»Ach ja, und wohin?«

»Keine Ahnung. Aber hier rumzuschreien, hilft auch nichts.«

»Sie wird schon sehen«, schnaubte Claudia.

Die Tochter lächelte fein.

»Was gibt's da zu grinsen?«

»Du hast Recht. Papa hat in Hamburg bestimmt auch schon wieder 'ne Neue.«

Woher die Tochter ihren Gleichmut nahm? Vielleicht aus dem

noch vorhandenen Unterhautfettgewebe. Claudia ging ins Bad und starrte in den Spiegel.

»Okay, raus mit der Sprache. Was denkst du?«

Doch der Spiegel schwieg.

Ähnlich wie Heiner und im Grunde alle Männer, die Claudia kannte, mochte auch der Spiegel nicht gern direkt gefragt werden. Wollte sich nicht zwingen lassen, jedenfalls nicht zu Aussagen, die ihm hinterher – verdreht und überspitzt und ganz anders, als er sie gemeint hatte – wieder vorgehalten würden.

Der Spiegel hatte, wenn Claudia sich recht erinnerte, von jeher geschwiegen und nur durch ihren Kopf hindurch seine demoralisierenden Kommentare abgegeben. Sich mit Anforderungen und Vorstellungen verbündet, die sie nicht erfüllen konnte, denn natürlich gab es haufenweise Schönere als sie. Und je älter sie wurde, desto mehr. Sie wuchsen nach, schossen wie Giersch aus dem Boden, zeigten sich der Sonne, bräunten darin wunderbar gleichmäßig statt in diesen fiesen Flecken – Unsinn, wies Claudia sich im Namen ihrer Tochter zurecht: Sie hatte auch früher schon, als sie selbst noch unbefleckt, glatt und gepolstert in den Spiegel geschaut hatte, nur das gesehen, was nicht genügte; es waren nicht die Haut, das Alter oder die fehlende Schönheit. Doch was war es dann, das sie niederschlug und bitter machte?

»Vielleicht willst du Papa zurück.« Die Tochter hatte das Handy weggelegt und saß am Tisch, um mit Claudia zu reden.

Es war seltsam, wie die Rollen sich vertauschten: Noch vor Kurzem war es an Claudia gewesen, die Kinder zu beruhigen und sie anhand einfühlsamer Gespräche zu ihren wahren Wünschen zu geleiten, und nun saß die Tochter da und sah Claudia mit Nachsicht und Liebe in den Augen an und würde ihr, wenn gar nichts anderes mehr half, bestimmt auch eine Tasse Kakao machen oder eine Bullerbü-DVD einlegen.

Claudia schluckte. »Du bist lieb, aber ich glaub's eher nicht.«

»Das wär auch seltsam, ich meine – «

Hoffentlich fing sie jetzt nicht an, Heiners Fehler aufzuzählen. Zwar war Claudia froh, dass ihre Tochter ganz genau wusste, was Männer als Partner disqualifizierte, gleichzeitig wollte sie auf keinen Fall, dass Heiner zu viele dieser Punkte erfüllte – jedenfalls nicht in den Augen der Tochter, die vielleicht fand, dass sie auch gegen ihn als Vater sprachen.

»Nein, wirklich nicht«, beeilte sich Claudia deshalb zu sagen, und: »Was aber nicht heißt, dass ich ihn nicht mehr liebe.«

»Also, was jetzt.«

»Irgendwie beides?«

Die Tochter sah sie mit absichtlich müde herabhängenden Lidern an (einem Gesichtsausdruck der Verachtung, den sie perfekt beherrschte und den auch Claudia schon länger heimlich übte) und meinte: »Vielleicht musst du dich doch mal entscheiden. Zumindest für den Moment – also, den Moment, in dem du's fühlst. Sonst wirst du nämlich wahnsinnig, weißt du?«

Claudia holte tief Luft. »Okay.« Sie wollte es wirklich versuchen.

»Willst du Papa zurück?«

Durch Claudias Kopf zuckten Bilder. Heiners Augen mit den hübschen Wimpern, Heiners Hände, die mit einem Kuli spielten (während er was sagen sollte, das er gar nicht sagen wollte), Heiner von hinten an einem wunderschönen, märkischen See (in den er bestimmt nicht weiter als bis zu den Knöcheln hineinging, denn wer wusste, was da alles drin war und ihn dann zu sich hinunterzog) –

Claudia seufzte. »Tut mir leid, es funktioniert nicht.«

»Das heißt, du fühlst es nicht?«

»Mein Kopf kommt mir dazwischen. Ich kenn Papa einfach zu gut.«

»Dann müsstest du's doch umso besser wissen.«

»Na ja, da hast du's doch: Ich weiß es. Dass ich ihn nicht wollen sollte. Doch was ich fühle, steht auf einem anderen Blatt.«

»Verstehe. Und warum sollst du ihn nicht wollen?«

»Weil er mich nicht will.«

»Das weißt du doch nicht sicher. Und selbst wenn. Dann kannst du ihn doch trotzdem wollen. Du sagst mir ständig, ich soll mich nicht nach andern Leuten richten und schon gar nicht nach dem, was sie angeblich denken. Was ich denke, dass sie denken –«

Die Tochter hatte Recht – und gleichzeitig keine Ahnung.

»Das ist was ganz anderes. Hier geht's ja ums *Wollen*. Erstens weiß ich, dass er mich nicht will und zweitens will ich nichts, was ich nicht kriegen kann, basta.«

»Basta?« Die Lider der Tochter hingen nicht mehr, sie runzelte jetzt die Stirn. »Basta?«, wiederholte sie.

»Basta«, wiederholte auch Claudia, allerdings schon etwas leiser.

»Also gut«, sagte die Tochter und stand auf, »also nicht gut, aber ja, was will man tun.«

Sie nahm ihr Handy und ging in ihr Zimmer.

Claudia sah auf den Tisch. »Basta« war natürlich Quatsch. »Basta« war »Amen« und »Is' so« und »Schnauze«; »Basta« war der hilflose Versuch, Eindeutigkeit herzustellen, die es nicht gab.

Also nahm Claudia sich das Leben (nicht im Sinne von sterben, sondern im Sinne von schreiben!) und befragte statt des Spiegels, indem sie es beschrieb, das Leben selbst.

»Also, Leben. Was willst du mir sagen?«

»Es geht immer weiter.«

»Du meinst, ich muss noch durchhalten?«

»Ja, genau. Genauso wie die schwarz verrußten Bäume.«

»Eine selten blöde Metapher.«

»Dann vielleicht ein Mohngewächs? Oder die falsche Narzisse? Was ist deine Lieblingsblume?«

»Weiß ich nicht. Ranunkeln?«

»Sehr gut«, das Leben schmunzelte.

»Halt! Stopp! Warte!«

»Was denn? Ich bin doch noch da.«

»Ja, wirklich? Ganz sicher?«

Das Leben seufzte. »Sicher bin ich nie. Aber erst mal geh ich wohl noch weiter. Warum denn auf einmal die Panik? Ich dachte, ich nerv dich, und du hättest genug.«

»Ja, schon. Weil du nicht bist, wie ich's mir wünsche. Wie ich's mir vorgestellt habe –«

»Nämlich wie?«

Claudia stutzte. Was, wenn sie das jetzt wirklich sagte? Nein, das ging nicht. Sie durfte doch nichts wollen, was sie nicht kriegen konnte! Sie durfte sich kein Leben ausmalen, musste dem wirklichen ins Gesicht blicken, hart und ungerecht, wie es nun mal war –

Doch das Leben fragte.

Still war es um Claudia, und die Frage stand im Raum.

Claudia starrte auf den Bildschirm. Es sollte wahr sein – und trotzdem auch schön. Es sollte originell sein und verständlich, messerscharf und schmeichelnd, nachsichtig und dennoch voller Zorn. Es sollte ihre Wünsche erfüllen, die sie sich selbst erst gar nicht erst zugestand und gewiss nicht formulierte, es sollte sie kennen, ohne ihr voraus zu sein –

»Also wie?«

Claudias Finger lagen auf der Tastatur.

»Wer, wenn nicht wir«, hatte Heiner gesagt, als Claudia mit ihrer Tochter schwanger war und nicht sicher, ob sie sie austragen sollte; »Wer, wenn nicht wir« und: »Babys sind super«, als dann ihr Sohn unterwegs war. Und: »Warum? Weil ich's kann!« bei seiner dritten Ladung Kinder – wohingegen Claudia immer schon gezweifelt hatte. Ob es an ihrem Geschlecht lag?

In den Tagen der schlanken Texte und des zensierten Schmunzelns wurde nämlich gerne auch unterschieden in männliches und weibliches Schreiben. Wobei weibliches Schreiben als verwundbar galt, wabernd willenlos Gemütszuständen nachspürend, während männliches Schreiben sich im Gegensatz dazu analytisch sowie dramaturgisch eindeutig verhielt. Sich auf die Geschichte und die Unsterblichkeit konzentrierte! Statt endloser Metaphern lieber Massen neuer Babys; »Warum? Weil ich's kann!« und »Wer, wenn nicht wir!«

Das hatte Heiner immer gesagt.

Das sagte er auch jetzt, irgendwo im fernen Altona.

Da lag er zwischen leicht verschwitzten Laken, strich sich mit der Hand übers ergraute, ordentlich gestutzte Brusthaar, erfreute sich an seinem Samen und wie der aufging im Schoß einer achtzehn Jahre jüngeren Produktdesignerin.

»Hey«, sagte Heiner, »komm her und küss mich.«

Claudia schüttelte sich. Sie sah es ganz genau vor sich, sie war es ja auf eine Art auch immer noch selbst.

»Fuck«, sagte sie also, »du hast doch schon x Kinder.«

»Ja, na und?«

»Ich muss mir die Pille danach besorgen.«

»Na komm«, sagte Heiner, »das wird wunderbar werden. Wer, wenn nicht wir?«

Die Produktdesignerin blieb liegen. Vielleicht, weil sie jung war und's nicht besser wusste. Wegen der Gnade ihrer späten Geburt! Hatte sie denn nicht Claudias grausame Chronik gelesen? Offenkundig nicht und selbst wenn: Bei ihr würde alles ganz anders werden, sie würde nicht enden als Heiners vierte Ex. Oder wenn, dann erst, wenn Heiner tot war, und dann hieß es nicht Ex, sondern Witwe. Hieß man dann auch Ex-Witwe? (Fragte sich Claudia.) Oder kam man dann gar nicht mehr vor?

Claudia googelte.

Ex-Witwen gab es laut weltweitem Netz nicht, es gab nur Witwen – die von Ex-Frauen auf Unterhalt und Erbe verklagt wurden.

»Wer, wenn nicht wir?«, dachte Claudia vage – zum ersten Mal, seit sie denken konnte, in verschwörerischem Verein mit Heiners erster Ex sowie der Neuen. Die jetzt auch schon seine Ex war, seine neue Ex, sie wusste's nur noch nicht. Sowas wollte sich schließlich niemand vorstellen – ganz egal, wie viele Exfrauen und Ladungen von Kindern es schon gab. Bei einem selbst würde alles ganz anders werden, man selbst wäre wenn, dann eine junge, attraktive Witwe, gesegnet mit zwei Kindern (gerade und zum Glück noch!), einem Mädchen, einem Jungen, die putzig-schmutzig wie die Welpen am Grab ihres Vaters herumtollten und dort Blumen niederlegten: selbst gepflückte Blumen, Unkraut im Grunde, weil für den Floristen kein Geld mehr übrig war, nachdem die Exfrauen und Horden von halb- und großwüchsigen Kindern über einen hergefallen waren, aber egal!, es war schließlich nicht das Geld, das zählte, sondern das Bild von einem selbst mit dem Schleier vor den Augen, einem kleinen, kleidsamen schwarzen Schleier vor den großen, schwarz umrandeten Augen, faltenfrei natürlich, schließlich war man als junge Witwe noch jung, hatte keine Runzeln im Gesicht vom Schmunzeln oder vom Drumrumreden, vom Rumrechten mit irgendwelchen halbwüchsigen Töchtern, und die Blumen waren so hübsch wie man selbst, auch wenn sie Unkraut waren, denn es kam nicht darauf an, was sie waren, sondern wie man sie sah. Als Produktdesignerin. Oder als Claudia. Wie Claudia diese Produktdesignerin sah!, sie noch nicht einmal kannte und dennoch sofort ein Bild für sie fand. Mit dem sie sich dann auch (gänsehäutig vor Glück) selbst sehr gerne identifizieren wollte, während sie für ihr eigenes Bild nur Verachtung empfand. Für sich als schwarz verrußten Baum. Der mühsam (vielleicht) noch ein Blatt hervorbrachte –

Das musste echt mal aufhören. Und wenn schon nicht in echt, dann zumindest in ihrer Geschichte.

Denn sie war alt, ja. (Sie selbst.) (Und die Geschichte.) Aber hieß das, dass sie immer auf dieselbe Art erzählt werden musste? Vielleicht konnte sie sich mal am eigenen Schopf aus dem Sumpf zieh'n!

»Geht's dir gut, Geschichte?«

»Nein.«

Sie hatte einen depressiven Anfang, verhedderte sich rasch in wabernd-willenlosen Gemütsbeschreibungen, versprach ein Märchenmotiv, das sie dann nicht einlöste (der Spiegel schwieg und hatte von jeher geschwiegen), und selbst wenn es sich eingelöst hätte, hätte das ja auch nichts genützt. Das Märchen war ebenfalls mehr als deprimierend, zumindest für die ältere Antagonistin, die nichts als Niedergeschlagenheit und Missgunst empfand. Und es nicht einmal schaffte, zur Mörderin zu werden, sondern am Schluss auf der Hochzeitsparty der jungen Heldin gedemütigt und gefoltert wurde, so lange, bis sie elendiglich verstarb. Dramaturgisch einwandfrei, bravo.

Claudia versuchte, tief durchzuatmen. Sie war verstrickt, sie brauchte nicht mal mehr den Spiegel, sie wusste das alles schon selbst. Dass die Neue (die jetzt Ex war) natürlich schöner gewesen war als sie. Und die Produktdesignerin gleich dreimal so schön. Und dann erst die Töchter!, die waren tausendmal schöner, und sie sprossen aus der Erde, wo immer Heiner hintrat – vielleicht war es wirklich ein Fehler gewesen, die Geschichte überhaupt zu beginnen, doch für derlei Gedanken war es jetzt zu spät, sie war mittendrin und musste sehen, wie sie das Wasser aus der Nase bekam.

In Altona klingelte es an der Wohnungstür.

Die Produktdesignerin stand auf, zog Heiner das Laken weg und wickelte sich darin ein.

»Hi«, sagte Claudia, »ich bin's. Ich hab dir die Pille danach mitgebracht.«

»Ach so«, sagte die Produktdesignerin, »stimmt. Das hatte ich auch kurz überlegt.«

»Babys sind toll!«, rief Heiner von hinten.

Claudia legte die Packung mit der Pille auf das buntbehäufte Bord unterm Garderobenspiegel.

»Ich will mich gar nicht einmischen. Nur mal auftauchen und aktiv eine Hürde einbauen. Oder ausräumen, je nachdem, wie du's siehst.«

Die Produktdesignerin sah in den Spiegel. Nicht nur gefühlt, auch rechnerisch war sie eine ganze Generation jünger als Claudia.

»Glaubst du nicht, ich gäbe eine gute Mutter ab?« Sie streckte den Bauch unter dem Laken nach vorn.

»Doch, natürlich«, sagte Claudia. »Du siehst super aus. Und Babys sind auch super.«

»Und wer, wenn nicht wir!«, rief Heiner von hinten.

»Wir? Das bezweifle ich«, sagte Claudia, »Heiner ist meistens nicht da. Und außerdem auch schon Anfang fünfzig.«

»Was redest du? Hier bin ich!« Heiner kam nach vorne gehumpelt. (Nicht, weil er schon Anfang fünfzig war, ihm war nur beim zufriedenen, postkoitalen Posieren der Fuß eingeschlafen.) Er schlang die Arme um die Produktdesignerin und platzierte seine Hände demonstrativ auf ihrem Bauch.

»Bei uns könnte vielleicht alles ganz anders werden«, sagte die Produktdesignerin, »oder? Ich meine: Ich bin ja nicht du.« Sie sah vorsichtshalber noch mal in den Spiegel.

»Ja, das stimmt«, bestätigte Claudia.

Sie bereute bereits ein wenig, vorgedrungen zu sein. Hatte Angst, missverstanden zu werden – da war der Spiegel, der unbarmherzig ihr Bild zurückwarf, ihr Haar, das man nur mit Mühe noch als blond bezeichnen konnte, dazu die Furchen um den Mund mit seinen schmal gewordenen Lippen, dann die fiesen Flecken und Runzeln, sie hörte es schon munkeln: dass sie doch einfach nur neidisch war.

»Hör zu, ich will dir echt nicht sagen, was du zu tun hast. Ich wollte nur mal leibhaftig erscheinen, anstatt wie für Exfrauen üblich lediglich auf dem Handy oder sonst wie virtuell.«

»Apropos, wer hat denn da vorhin dauernd angerufen?« Die Produktdesignerin befreite sich aus Heiners Griff.

»Seine Neue, schätz’ ich«, sagte Claudia, »also ich meine: seine ehemalige Neue. Die’s noch nicht gewöhnt ist und die langsam, aber sicher durchdreht. Deren Tochter noch zu klein ist, als dass sie sie wirkungsvoll ermahnen und abhalten kann.«

»Glaubst du denn, meins wird auch ein Mädchen?«

»Na, ich hoffe doch!«, mischte Heiner sich ein.

»Mädchen sind super«, sagten alle wie aus einem Munde.

»Dann kann doch eigentlich gar nichts mehr schiefgehen.« Die Produktdesignerin prüfte mit einem schnellen Seitenblick in den Spiegel, wie sie mit verantwortungsvoll gerunzelter Mutterstirn aussah. Schön sah sie aus, und entsprechend würde es schon werden.

Claudia wiederum warf einen letzten Blick auf Heiner; sie hatte ihn länger nicht in Unterhosen gesehen. Er sah okay aus, halt schon Anfang fünfzig. Wenn er das einsah und ein bisschen weniger soff und qualmte, würde er die Einschulung seiner vierten Ladung Kinder vielleicht doch noch erleben. Ihr konnte es egal sein, nur leider war’s ihr nicht egal. Hieß das, sie liebte ihn noch immer? Ja, wahrscheinlich. Er war ihr zuwider und sie hatte Mitleid mit ihm. Wollte ihn gerne umarmen. Wollte sich spüren: in seinem Arm. Wollte dem nachspüren, was sie einst für ihn empfunden hatte und auch, wie sie selbst gewesen war. Wollte festhalten, was alles fortschritt.

Und das konnte sie ja auch.

Während sie mit der U3 zurück zum Hauptbahnhof fuhr (an all den komischen Hamburger Haltestellen wie Schlump und Schmurgel und Gefasel vorbei) dachte sie daran, wie sie Heiner zum ersten Mal geküsst hatte. Das war ebenfalls in Hamburg gewesen, allerdings nicht im Frühling, sondern in einem kalten Winter in einer noch viel kälteren Nacht. Ungewöhnlich kalt für Hamburg.

Heiner hatte irgendeinen windigen Auftritt in einer zugigen, ehemaligen Fabrikhalle gehabt, und Claudia war hingerissen und vielleicht auch ein wenig betrunken. Auf jeden Fall hatte sie hinter der Halle, wo man stand und rauchte und dummes Zeug von sich gab, ebenfalls gestanden und geraucht und gebibbert, und Heiner hatte gesagt: »Hey, du frierst ja, du kommst jetzt mal zu mir.« Und hatte zum ersten Mal seinen Arm um sie gelegt. Und dabei hatte diese seltsame Motorradjacke, die er damals immer trug, seltsame Geräusche gemacht und nicht sehr gut gerochen, aber Heiners Hals dafür umso besser, nach Waschpulver vom Hemdkragen und Rasierwasser vom Rasieren. Und seine Lippen, Gott, die waren göttlich gewesen. Ganz weich und ganz warm auf den ihren und in der Kälte. Und seine Zunge hatte super geschmeckt. Und sie hatte an gar nichts gedacht (Claudia, Heiners Zunge vermutlich auch nicht) als daran, immer weiter zu küssen, und sie war ihm hinterhergegangen und hatte zwischen dem Gerümpel im Backstageraum gewartet. Und da dann doch auch wieder an was anderes denken müssen, denn es hatte ziemlich lange gedauert, bis Heiner seine Sachen zusammengesucht hatte, und sie hatte überlegt, was das jetzt wohl war und ob sie's wirklich wollte und wie es weitergehen könnte.

Und genauso war das immer, sowohl im Kleinen als auch aufs Ganze gesehen. Immer nur zu küssen ohne je zu denken, ging nicht, und nur festhalten ging leider auch nicht, man musste ja irgendwie leben. Und vor allem umsteigen, als nächstes kam nämlich schon der Hauptbahnhof.

Im ICE klappte Claudia ihr Notebook auf und googelte Ranunkeln.

»Die Ranunkel mag's gern sumpfig, kommt aber auch in sonnigen Hochlagen vor.« Na also. »Es gibt über sechshundert Arten.« Echt jetzt? »Aufgrund ihrer Bitterkeit wird sie vom Vieh gemieden –« und kann deshalb blühen, bis sie schwarz wird, überlegte Claudia, was aber ja auch gut war, wer wollte schon aufgefressen werden? Süß zu sein, war nicht immer von Vorteil, Bitterkeit konnte einem das Leben retten, und überhaupt war noch nicht klar, welche Blume den Wettbewerb gewinnen würde. Und wieso eigentlich Wettbewerb?, es gab ja noch nicht mal einen Preis. Außer der

Veröffentlichung im Mietermagazin natürlich, das durchaus Reichweite besaß – wenn auch ein geringes Renommee. Bestimmt wäre es gut, insgesamt wieder mehr oder überhaupt mal wieder irgendwen zu küssen; bei Heiner hatte sie's auch nicht vorgehabt und dann getan. Sie musterte verstohlen die mitreisenden Münder. Man konnte nie wissen, nein, ehrlich nicht, igitt. Ob man's am Ende wirklich wollte und wie lange und was dann noch alles mit dranhing (wenn man erstmal damit anfing), aber noch war sie am Leben (das hatte es ihr selbst versichert), und deshalb würde sie's wagen. Wenn nicht jetzt, dann spätestens im Mai. Das war der Monat, den der Mainstream für derlei Dinge vorsah, und das war gut so, diesmal wollte sie nämlich nicht frieren, und baden gehen wollte sie auch. Nicht im übertragenen Sinne, nein, sondern ganz wörtlich: in einem wunderschönen, märkischen See.

VORBEI

Wir sagen vier zu vier, aber in Wahrheit zählt zur Zeit keiner mehr richtig mit.

Seit einer von uns nicht mehr leben wollte oder konnte und sich deswegen umgebracht hat, denken manche, dass das Punktesystem grundsätzlich in Frage steht.

Man könnte auch sagen, dass Schwierigkeiten, die einzelne haben, seit neuestem hierarchisch untersucht und nicht mehr automatisch als Schwierigkeiten anerkannt werden.

Dicke Beine zum Beispiel.

Was sind dicke Beine gemessen an Beinen, die keinen Schritt mehr gehen wollen oder können und schließlich kalt und steif im Sarg liegen?

»Bleib mir mit deinen Beinen vom Hals«, sind wir geneigt zu sagen, »Hauptsache, sie funktionieren, sind warm und lassen sich zur Not schließlich in weiten Hosen verstecken, wie kannst du überhaupt an so etwas denken?«

Weil zum Denken viel zu viel Zeit bleibt, im Freiberuf und in der Freien Welt.

Hinzu kommt, dass die Bahnen, in denen unser Denken bisher verlief, von Leichenautos und Schuttautos und Übertragungswagen in letzter Zeit unerwartete Spurrillen bekommen haben, durch die unsere Gedanken schlingern und nach Richtungen ausscheren, die wir früher nicht für möglich gehalten hätten.

Einer von uns, ich sag jetzt nicht wer, denkt zum Beispiel ernsthaft darüber nach, dass der Mann das Haupt der Frau sein könnte.

Etwas, worüber Paulus nachgedacht hat und dann längere Zeit niemand, aber kurz nachdem wir alle geboren wurden wieder ziemlich viele, die dann beschlossen haben, dass es so einfach nicht geht und man sich streiten muss, bevor man weiß, wer Recht hat. Das kann er oder sie sein, je nachdem, und wer Recht hat, der ist dann in dieser einen Sache der Chef, aber man braucht eine Menge Übung, Kraft und Ausdauer, um es immer wieder neu herauszubekommen. Daran fehlt es vielleicht inzwischen ein bisschen. Die Übungen sind aus der Mode gekommen, die Kraft schwindet mit der Jugend und der Ausdauer wurde unbemerkt ihre wichtigste Quelle verschüttet, die Ideologie.

Jedenfalls quälen wir uns plötzlich mit Gedanken, die unsere Eltern, Ahnen und Vorreiterinnen endgültig für uns abgeschafft hatten, aber es war wohl kindlich und blauäugig gewesen, das anzunehmen, und deshalb sind wir vielleicht auch nur endlich erwachsen geworden, und die Gedanken sind der Beweis dafür.

Eine von uns, ich sag jetzt nicht wer, ist so erwachsen, dass ihr Leben einer Vorabend-Serie gleicht. Sie sitzt im Wohnzimmer und sortiert Quittungen für die Steuererklärung ihres Freundes, was sie als solches schon in einen Status der *mitarbeitenden Ehefrau* versetzt, auch etwas, wovon keine von uns sich je hat träumen lassen, dass es ihr irgendwann passieren könnte, aber dann findet sie unter den Quittungen eine für ein Doppelzimmer in einem ihr unbekannten Hotel an einem Ort, der ihr nur als Aufenthaltsort dieser *heißen Affäre* ihres Freundes bekannt ist, die angeblich längst überwunden war, und sie denkt, dass er eventuell nicht nur seine Steuer selbst erklären muss, sondern noch so einiges andere, und die Quittung zittert in ihrer Hand, verschwindet aber nicht.

Leider.

Was er ihr schließlich erklärt, ist, dass er eben böse sei und auch nie etwas anderes behauptet hätte, im Gegenteil, er habe sie von Anfang an gewarnt.

Nun ist es so, dass es in Vorabend-Serien immer jemanden gibt, der durch und durch böse ist und die schrecklichsten Dinge ausheckt. Mit dem ist dann aber niemand von den Guten befreundet, geschweige denn liiert, oder wenn, dann nur so lange, bis es rauskommt. Weil aber diese eine von uns, deren Namen ich verständlicherweise nicht preisgeben werde, nicht will, dass ihr Leben wie das einer Serienfigur verläuft, verlässt sie den Freund nicht, sondern sagt: »Du bist nicht böse, so ein Unsinn, niemand ist böse, lass uns darüber reden.«

»Ja«, sagt der Freund und weint ein bisschen.

»Warum nur?«, fragt sie und weint auch.

»Ich liebe dich eben nicht genug, als dass mich das daran hindern könnte.«

Tja.

Was die Liebe betrifft, haben wir mit unseren Gedanken schon ziemlich häufig die Spur gewechselt und wissen deshalb überhaupt nicht mehr, wo wir sie aktuell einordnen sollen.

Die jedenfalls, von der ich gerade erzähle, denkt jetzt, dass die Liebe ihres Freundes zu ihr unbedingt größer werden muss, so groß, dass sie ihn daran hindert, sie zu betrügen und ihr wehzutun. Also versucht sie, besonders liebenswürdig und liebenswert zu sein und sagt: »Komm, Schatz, nimm mal ein Taschentuch, und dann koch ich uns was auf den Schreck, Balsamicohühnchen, was hältst du davon?« Und geht ins Bad, um sich die Haare zu ordnen, die vom Weinen durcheinandergeraten sind, und sieht auf der Toilette sitzend ihre dicken Beine an, die die heiße Hotelaffäre unter Garantie nicht hat, sondern im Gegenteil ein Stück Platz dazwischen, so dass man die Muschi gut sehen kann und nichts daran an Mutti erinnert.

Und sie beschließt, regelmäßig schwimmen zu gehen oder joggen oder zum Workout, auch etwas, wovon sie sich nicht hat träumen lassen, dass sie es jemals ernsthaft in Erwägung ziehen könnte: Diät zu machen, um den Mann zu halten.

In solcher Art verwirrt und angefochten von einst nicht denkbaren Gedanken versuchen wir, uns zurückzuversetzen und zumindest die Vergangenheit im Hier und Jetzt zu genießen.

»Weißt du noch?«, fragen wir uns auf der Beerdigung desjenigen, der nicht mehr leben wollte oder konnte, und dessen Nachlass und Andenken auch kein nüchternes Ausweichen zulässt.

Also genießen wir und schwelgen, und manches bedauern wir verschmitzt; doch auch hierbei gibt es inzwischen einen Haken, nämlich den, dass wir nicht mehr vollzählig sind, absichtlich dezimiert. Dass auch unsere makellos vorgedachte, unbeirrte Vergangenheit schnurstracks in den Tod führen kann.

Also haben wir plötzlich keine Lust mehr.

Keine Lust zu denken, keine Lust, uns zu erinnern.

Eine Alternative ist uns bislang nicht eingefallen.

Bowling vielleicht?

Editorische Notiz

Die in dem vorliegenden Buch versammelten Erzählungen – mit der Ausnahme von »Heilsversprechen« und »Ranunkeln« – sind bereits in unterschiedlichen Bänden und Anthologien erschienen und für diese Ausgabe überarbeitet worden.

Titel der Erstveröffentlichung:

»Feldsalat«, zuerst erschienen unter dem Titel »Feldsalat oder: Die mittleren Jahre« in: Christoph Graebel, Claudius Nießen (Hg.), *Turboprop – beste Stories*, Leipzig 2008

»Bei den Wölfen«, zuerst erschienen unter dem Titel »Versehrt« in: Anke Stelling, *Glückliche Fügung*, Frankfurt 2004

»Leider nein«, zuerst erschienen in: Anke Stelling, *Glückliche Fügung*, Frankfurt 2004

»Die Stelle«, zuerst erschienen unter dem Titel »Die Stelle oder: Sexuelle Selbstbestimmung auf dem Weg ins 21. Jahrhundert« in: Sonja Eismann, Anna Mayrhauser (Hg.), *Freie Stücke. Geschichten über Selbstbestimmung*, Hamburg 2019

»Was, wenn nicht das«, zuerst erschienen in: Jörg Bong, Oliver Vogel (Hg.), *Verwünschungen*, Frankfurt 2001

»Glückliche Fügung«, zuerst erschienen in: Anke Stelling, *Glückliche Fügung*, Frankfurt 2004

»Schlimmstenfalls«, zuerst erschienen in: *Das Magazin* Nr. 3, 2017

»Unbeständig und kalt«, zuerst erschienen in: Anke Stelling, *Glückliche Fügung*, Frankfurt 2004

»Raus«, zuerst erschienen in: Lina Muzur (Hg.), *Sagte sie. 17 Erzählungen über Sex und Macht*, Berlin 2018

»Grandezza II«, zuerst erschienen unter dem Titel »So klein« in: Katja Lange-Müller (Hg.), *Vom Fisch bespuckt. Neue Erzählungen von 37 deutschsprachigen Autorinnen und Autoren*, Köln 2002

»Sowohl als auch«, zuerst erschienen in: *taz, die tageszeitung* vom 24.12.2018

»Vorbei«, zuerst erschienen unter dem Titel »Vier zu Vier« in: *Am Erker* Nr. 44, Münster 2002